不出十个世纪，
长着成百万张嘴的那头名为“工业”的巨兽
就将吞下地球上的最后一块煤。

LES INDES
NOIRES

美丽的地下世界

译林出版社

[法国] 儒勒·凡尔纳 著 赵家鹤 译

图书在版编目（CIP）数据

美丽的地下世界／（法）儒勒・凡尔纳著；赵家鹤译. 一南京：译林出版社，2021.10
（凡尔纳经典科幻）
ISBN 978-7-5447-8584-6

I.①美… II.①儒… ②赵… III.①幻想小说－法国－近代 IV.①I565.44

中国版本图书馆 CIP 数据核字（2021）第 025646 号

美丽的地下世界　［法国］儒勒・凡尔纳／著　赵家鹤／译

责任编辑　赵　奕
特约编辑　张紫毫
装帧设计　景秋萍
校　　对　王　敏
责任印制　单　莉

出版发行　译林出版社
地　　址　南京市湖南路 1 号 A 楼
邮　　箱　yilin@yilin.com
网　　址　www.yilin.com
市场热线　025-86633278
排　　版　南京展望文化发展有限公司
印　　刷　江苏凤凰扬州鑫华印刷有限公司
开　　本　652 毫米 ×960 毫米　1/16
印　　张　13.25
插　　页　5
版　　次　2021 年 10 月第 1 版
印　　次　2021 年 10 月第 1 次印刷
书　　号　ISBN 978-7-5447-8584-6
定　　价　32.00 元

总　序　凡尔纳及其创作

吴　岩

儒勒·凡尔纳常常被称为“科幻小说之父”，他一生涉猎广泛，著述丰富，仅仅小说就超过120部，其中62部属于科幻和探险类作品。

凡尔纳于1828年2月8日出生于法国海滨城市南特。少年时代，有两个事件曾严重地影响到他后来的生活。第一件是11岁那年，他突发奇想装扮成水手登上开往印度的“卡罗里号”轮船，渴望出海远行。几小时之后，他的父亲终于在下一个港口将他找回。凡尔纳受到了重罚。傍晚，他躺在床上，流着泪向母亲保证，今后他将只在“幻想中远航”。也恰在发生这事的同时，凡尔纳还为一个早来的爱情而烦恼。她的表姐卡罗莱漂亮可爱，使他无法忘怀。但是，卡罗莱非常早熟，热望世俗事物，常常引凡尔纳说些傻话，然后以神经质的大笑嘲弄他。凡尔纳的心灵受到很大打击，但对她的爱情一直持续到青年时代。上述两件事情到底是否属实，有人保有怀疑，但如果确有其事，我们倒是发现了他热衷科幻和探险小说写作的原动力。

1846年，凡尔纳开始接受高等教育。他到过巴黎，目睹过工人起义，还在一个文艺界的沙龙中认识了大仲马，并很快与其成为挚友，合作写剧本。凡尔纳的早期创作很不成功，在与大仲马合作后虽然有一些剧本被搬上舞台，但反响平平。他开始对身边成功的作家进行观察。通过总结他发现文学的出路已被卡死，因为文坛上吸引读者的作家，都在将笔触伸向其他领域，比如大仲马写的是历史，巴尔扎克写的是伦理学，E. 伽伯莱将犯罪学引入小说。看来，想在文坛立足必须找到一块未被触动的知识处女地。后来，这块处女地终于被他发现，那就是地理学！文坛上似乎还鲜有以地理学为核心内容的著作。凡尔纳兴奋异常。他试探着写了一个短篇，讲一名少女怎样为寻回未婚夫出海与风浪、海盗、冰封搏斗，他给这故事起名《在冰川上过冬》。虽然小说没有发表，但我们已从中看到凡尔纳未来创作的基本范型。

凡尔纳的第一部成名作品是 1863 年出版的《气球上的五星期》。这本小说的构思源于美国作家爱伦·坡的一部以气球为主题的短篇小说。坡是凡尔纳的引路人之一。当然，《气球上的五星期》的成功不能归因于单个要素。小说揭示的非洲风光在当时人看来新奇异常，因为在那时非洲丛林是一个无法进入的“死亡之地”，但凡尔纳却能让读者借他的小说“身临其境”。出版商赫泽尔一眼看中了这部作品，把作者从不断被退稿的失望中拯救出来。1863 年 1 月 31 日，《气球上的五星期》正式出版。凡尔纳的一个工程师朋友纳达尔给他凑热闹，自制了一个气球，还在吊篮中装上一个满脸涂黑的人，象征非洲土著。气球与小说同时与观众见面，那一天巴黎盛况空前。

用现代的标准看，《气球上的五星期》还不能算是科幻小说，而 1864 年出版的《地心游记》则确是凡尔纳的科幻经典。作品自始至终笔调幽默，他使用了一个当时看就已经过时的理论——“地球中空论”构思了一个精妙绝伦的地心旅行故事。评论家们认为，《地心游记》中最值得一提的，是凡尔纳找到了自己科幻小说中的人物结构。

这种结构是三类不同年龄和性格的角色组合。这三个角色分别是父亲，小说中以李登布洛克教授为代表，象征统治者。孩子，小说中以阿克赛尔为代表，象征被统治者。仆从，小说中以汉斯·布杰尔克为代表，象征被奴役者。凡尔纳发现，这三类角色在小说中合理搭配能完成科幻小说中最重要的一些功能。如父亲角色以全能全知为特点，因此可以大段大段地讲述科学知识。孩子则以冲动、情绪不稳、梦想为特点，因此常常搞出乱子使小说发展陷于绝境，增加了情节起伏。仆人的作用则更加奇特，设置这种角色是为了在作家陷于困境，无法拯救主人公命运的时候，让他们亮出自己的隐藏身份，将主人公（实际是将作家本人）救出困境。这三类人将在凡尔纳所有小说中反复出现。

1865年，《从地球到月球》开始连载。这部小说到一百多年之后仍然在为凡尔纳赢得预言家声誉。1969年美国“阿波罗11号”登月之后，人们发现小说中所写到的跟现实之间有许多联系。起飞速度、太空景观、降落方式、研发基地等，都与小说中的描写惊人重合，就连飞船上乘坐了三个人，也跟“阿波罗11号”完全一致，只不过缺少那条太空狗！

被我们熟知的所谓“凡尔纳三部曲”，由1867年的《格兰特船长的儿女》、1869年的《海底两万里》和1874年的《神秘岛》组成。《格兰特船长的儿女》是一个寻父主题，在某种程度上，凡尔纳在潜意识中探讨了自己与既严厉又慈爱的父亲之间的心理关系。《海底两万里》不能算是潜水艇预言书，因为早在成书之前的两百多年前，潜水艇已经在试验中了。《海底两万里》的成就是塑造了两个科幻文学史中永恒的形象：一个是有形的，那就是坚定、果敢、正义的尼摩船长。另一个是无形的，那是神秘、暴躁、生机勃勃又充满毁灭性的大海。如果第一本谈的是“父亲去哪儿了”，第二本谈的就是“英雄去哪儿了”，回答是他将永恒地与海洋相伴。《神秘岛》是一个多人共同完成的鲁滨逊漂流记，用“我去哪儿了”完成了三部曲的整体设计。从寻父到遭遇英雄到自我拯救，作品完成了一个从大自然到社会进而到达自我的过程。但因为凡尔纳的主观倾向是朝向外部的抒写，对人物的内心表达并不太多。

凡尔纳毕竟不是一个所谓的纯文学作家，但他作为第一代通俗和流行小说的作家，确是一个开山鼻祖。他的创作盛期文思泉涌，下笔成章，成功一个接着一个，但也留下了不严谨的毛病。例如，他1873年创作的《八十天环游地球》中的主人公在各地漫游却都按法国时钟作息，这就忽略了时间的地域性。再比如，他在印度的东方法庭中看到的审判程序是西方的。还有很多因为写作太快，加上自己的遗忘造成的BUG。例如，为了情节的迅速发展，这本书中那个被美洲土著人绑架的万事通能“自动”归队，这样的事情在其他小说中也有一些。

流行小说有一些缺陷，但也会产生杰作。《太阳系历险记》就是这样一部出类拔萃的作品。这部小说描写地球被小行星撞击，一夜之间地中海区域的地壳被分离出去，进入太空，伴随小行星在太阳系浪迹两年又回到地球。小说的幻想大胆，言语幽默，场面宏大，人物个性准确。似真似梦的结尾，更使人怀疑现实与想象之间到底有没有距离。

凡尔纳进入中年以后，声望日高，曾被罗马教皇接见，也曾被选为市议会议员。他的财富日涨，光游艇就换了三次，一次比一次豪华。但是，他的家庭生活并不如意，结婚后与妻子常常无法交流，儿子又患有青春期心理疾病，一事无成。他还受到一个晚辈亲属的莫名枪击，住进了医院，幸好只伤了脚。

评论家们特别感兴趣的，是凡尔纳1890年10月发表的小说《喀尔巴阡古堡》。这部小说讲述了一个使用幻影录像保存情人形象和声音的故事，颇有哥特小说的风格。为什么作品中被两个男主角争夺的情人——女歌唱家斯拉蒂性格写得那么生动？她倔强而且美丽，被作家灌注了许多感情的笔墨。研究者于是翻箱倒柜查看那个年代的各种信息，确实有人找到了凡尔纳可能在现实中有一个类似的情人的证据。但这是一位精神恋爱的对象。据说从她那里凡尔纳得到了从妻子那儿得不到的理解。也正是这个女人使凡尔纳第一次在自己的作品中尝试写出女性的心理和恋爱的细节。

凡尔纳的创作力一直很旺盛。他与出版商的合同是每年四本。为了防止自己老化，他每年在剩余的作品上写下下一年的年份装入抽屉，到他死时已存有一抽屉手稿可供继续发表。1905年3月17日凡尔纳瘫痪；3月24日失去知觉，25日晨去世，享年80岁。3月28日，他后半生一直生活的亚眠市举行隆重殡葬仪式，全世界都向他致哀。

1989年，凡尔纳的重孙在老房子里找到一个保险箱，其中存有1863年创作的《二十世纪的巴黎》手稿。这部作品因为对未来的描写不那么正面，被当时的出版商拒绝。手稿最终于1994年出版。人们发现，凡尔纳除了乐观的一面，还有忧患的一面。但这一面是在100年之后才被认识到的。

凡尔纳的小说很早就被引进中国。1900年薛绍徽和陈逸儒翻译了《八十日环游记》。1901年梁启超翻译了《十五小豪杰》并为其点评。1902年卢籍东和红溪生翻译了《海底旅行》。1903年有未署名者翻译了《空中旅行记》，包天笑翻译了《铁世界》。这一年，周树人先生翻译了《月界旅行》和《地底旅行》并撰写了《月界旅行弁言》。1904年商务印书馆编译所翻译了《环游月球》，包天笑翻译了《无名之英雄》。1905年奚若和蒋维乔翻译了《秘密海岛》，陈泽如翻译了《寰球旅行记》。1906年包天笑翻译了《一捻红》，周桂笙翻译了《地心旅行》，海外山人翻译了《海底漫游记》(《投海记》)。1907 年谢忻翻译了《飞行记》。1910 年包天笑翻译了《秘密党魁》。1912 年哮天生翻译了《无名氏》。1914 年孙毓修翻译了《鹦鹉螺》，叔子翻译了《八十日》。1915 年悾悾翻译了《海中人》。1931 年远生翻译了《十五少年》。1940 年施洛英翻译了《十五小豪杰》。20 世纪 50 年代中期，中国青年出版社出版了八卷本凡尔纳选集，包括《格兰特船长的儿女》《海底两万里》《神秘岛》《机器岛》《八十天环游地球》《地心游记》《从地球到月球》《培根的五亿法郎》。此后，各个出版社出版了大量凡尔纳著作的不同版本。1987 年，吴贻弓和张建亚在上海电影制片厂将《一个中国人在中国的遭遇》搬上银幕改名为《少爷的磨难》。2004 年迪士尼公司推出新版《八十天环游地球》，其中加入了大段中国境内的故事。

在对作品的研究和推崇方面，从晚清到现在也已经积累了丰富的资料。梁启超对《十五小豪杰》的多数章节的点评，至今仍然能看到他对科幻作品的许多期许。周树人在《月界旅行弁言》中提出的“经以科学，纬以人情”和“导中国人以前行，必自科学小说始”也已经家喻户晓。1959 年杨宪益在《世界文学》发表《儒勒·凡尔纳的科学幻想小说》，强调主流文学也在关注凡尔纳。习近平总书记曾经在 2013 年四川芦山发生 7.0 级地震后来到龙门乡隆兴中心校。在参加五（2）班主题班会的时候有男孩说他想当科学家，建造会飞的房子以免受灾难危害。总书记说，青少年要敢于有梦，从《西游记》到凡尔纳科幻小说，飞船、潜艇今天不都有了吗？有梦想，还要脚踏实地，好好读书，才能梦想成真。2014 年 3 月 27 日，习近平在中法建交 50 周年纪念大会上说：“读凡尔纳的科幻小说，让我的头脑充满了无尽的想象。”作家、知识分子和国家领导人对凡尔纳的推崇，让我们认识到在这个全新的时代，经典科幻小说仍然充满了魅力，特别对青少年来讲，是最好的阅读选择之一。

我觉得对新一代人来讲，重提阅读凡尔纳意义十分重大。

首先，凡尔纳的小说充满对未知世界的渴望，期待人类能超越现实，奔向未来，这个呼唤在当今显得尤为重要。

毋庸置疑，从20世纪70年代通信卫星和交通技术大发展之后，社交网络的出现和人类相互见面次数的增加，导致了各种观念交流、交锋、改造、创新速度的加快，从而又导致了科技发展走向指数级提升。一种生活在未来的后现代状态正在生成。今天，宇宙飞行器对太阳系的观察证实，空气、水，甚至生物大分子这样的物质在太阳系中可能不只我们这颗星球独有。而对遥远太空探测的最新影像，通过计算机分析，表明人类已经找到了数千个跟地球类似的远方世界。两个方向的研究结果论证了凡尔纳科幻小说中倡导的离开地面走向太空之路完全可以成为现实。与此同时，我们也必须衡量这种走出地球的代价到底是怎样的。跟太空技术的发展相比，生物技术的前进速度更快。在今天，人类已经可以对包括自身在内所有生物的基因进行完整测序，对已经绝灭的物种的恢复也已经被提上科学工作者的议事日程。《地心游记》中看到的恐龙出现在我们的周围，可能只是时间的问题。材料技术的发展也在突飞猛进。3D打印已经可以处理活的物质，纳米尺度的分子搭建让我们能把凡尔纳所想象的那些神奇事物统统建造出来。这样，无论是“鹦鹉螺号”潜艇还是飞向月球的大炮，都可以在材料技术的突破之后变得随处可见。虚拟现实和社交网络无限地改变了人与人、人与外部的关系，让人们既与世隔绝又身处万物互联的地球村甚至宇宙村中。凡尔纳所涉及的20世纪的巴黎，在21世纪早就成为现实。但就在新科技每天刷新人们的认知和观念，给生活带去新的感受的时候，我们中的许多人，对探索却失去了热情，以为每日钻进电子游戏之中或者听听演唱会，从互联网的虚拟图像中体察世界，就能解决未来的所有问题。对这样的享乐主义，简单化，甚至巨婴一代的出现，凡尔纳的作品应该是一剂有用的处方。

其次，凡尔纳的小说阐述了科学发展必须跟社会生活之间保持紧密的联系，因为每一项发明和探索的发现都必定引起社会的变化，这对今天观察世界和怎样建设这个世界，是一个很好的参考。

曾经有一种流传很广的说法，把凡尔纳的作品当成科普读物，认为从中可以学到许多知识。我觉得这个想法是完全错误的。科普读物跟科学读物一样，永远是有时间限制的。今天的人之所以不会再去认真阅读法拉第写的《圣诞科学讲座》(《蜡烛的故事》)，不会太在意伊林写的《人怎样变成巨人》，不会继续把弗拉马里翁的《趣味天文学》当成孩子的课外读物，主要是因为这些以知识传播为主的科普作品中的许多内容，因时间的流逝而失去了科学的正确性。但科幻小说从创作之初就以想象为目标，以表达科学对社会的影响为目标，因此反而能不断阅读。读者会自然而然地将过往的知识替换成今天的现实，但那种社会与科技之间的关系，反而历久弥新，超越时代。不是吗？即便“土星5号”登月火箭曾经成功地将人类送到月球、协和式超音速飞机曾经跨越两个大洋仅用几个小时、“蛟龙号”深潜船触及了太平洋深层的海底，但我们仍然没有失去对“热气球”“登月大炮”“鹦鹉螺号”走入社会之后所发生的一切的兴趣。过去的一切，竟然可以在今天被读者重新对号入座，这就是所谓的让历史告诉未来的科幻含义吧。

最后，我想说凡尔纳作品中的“三观”虽然是古典的，但在今天看来多数仍然没有过时。我们仍然对那些为了人类孜孜不倦进行探索的人充满崇敬；我们也仍然对危险到来时挺身而出的人由衷地感激；我们仍然在讴歌爱、忠贞、家庭至上以及各种美好的事物；我们仍然相信科学能让我们跟自然和谐相处，保存人类发展的力量；我们仍然对踏实肯干、不浮夸、不投机钻营、不唯利是图、不巧取豪夺、不仗势欺人等凡尔纳在他作品中提倡的东西表示赞同，并且希望能继续发扬光大。难怪罗马教皇在接见凡尔纳的时候就说，他其实更重视小说中传达出的“道德力量”。我们需要科学，更需要对自己的把控。

凡尔纳的小说是常读常新的。感谢译林出版社重新制作的这个版本。期待大家接受这个跨越时代经典的新的聚合。期待大家用当代的新感受和新理念去重新诠释作品。相信你们将是站在凡尔纳巨大科幻宝山之上，把眼光投射得最为深远的那一代人。能通过这套书认识你们，是我这个过来人的巨大荣幸。

是为序。

2020 年 3 月 27 日

目录

第一章

前后矛盾的两封信

爱丁堡

坎农门 30 号

工程师 J. R. 史塔尔先生

詹姆斯·史塔尔明天如愿光临阿柏福伊尔煤矿多查特煤仓的耶鲁矿井，他将获悉一个令他感兴趣的有关大自然的情报。

前任工头西蒙·福特之子哈利·福特整个白天都会在卡兰德火车站恭候詹姆斯·史塔尔先生。

务请对这一邀请保密。

以上是 12 月 3 日那天首次邮班为詹姆斯·史塔尔带来的

信——信封上盖着苏格兰斯特林郡阿柏福伊尔邮局的邮戳。

工程师的好奇心被激起了。他甚至不考虑这封信是否潜藏着某个骗局。他认识西蒙·福特已有多年，他是阿柏福伊尔矿的前任工头之一，而他，詹姆斯·史塔尔，曾当过20年该矿的领导——在英国煤矿里人们将这职位称为“观众”。

詹姆斯·史塔尔体魄结实，五十五岁的年纪看上去犹似四十。他出身于爱丁堡的一个古老家庭，是该家庭最杰出的成员之一。他的业绩为这些蚕食着联合王国地下煤炭层的工程师们组成的可敬的同业工会带来了荣誉，他们不仅在苏格兰低地的一些郡，而且在加的夫和纽卡斯尔开采。然而，使史塔尔的名字尤其受到普遍尊敬的，是阿柏福伊尔的那些神秘的煤矿的井下，这些煤矿和阿洛厄矿毗邻并占据着斯特林郡的一部分。除此之外，詹姆斯·史塔尔还是苏格兰考古学家协会成员并担任该协会的主席。他是“皇家协会”最活跃的成员之一，《爱丁堡杂志》经常发表由他署名的惹人注目的文章。在公众心目中，这是一个讲求实际的学者，英国的繁荣有赖于这些人。他在苏格兰的这个古老的首府名列前茅，不仅从物质的角度看是如此，从智力的角度看，他更堪称“北方的雅典娜”。

众所周知，英国人为他们辽阔的煤田起了一个意义深长的总的称呼。他们极准确地称之为“黑印度”，而这些“印度”，对增长联合王国的惊人财富所做的贡献，可能更甚于东方的印度。在那儿，确实，整个一支矿工大军在日以继夜地工作着，从不列颠的地下采掘煤，这是工业生活不可或缺的珍贵的可燃元素。

在那个时代，那些专业人士所确定的煤矿采尽的时间界限还非常遥远，不必为短期的缺煤惊惶。新旧两个大陆的煤炭层足可大范围地开采。工厂的多种使用，火车头、移动式内燃机、轮船、煤气的使用等，并未使这种可燃矿石供应紧张。只是近些年来，由于消耗增长得太快，某些矿床被开采殆尽。被遗弃的矿井和荒废的平巷在地面上留下了毫无用处的坑坑沟沟。

阿柏福伊尔煤矿的现状就是如此。

十年前，最后的一个抓斗搬走了这个矿层的最后一吨煤。“井下[①]”的设备，那些由机械在平巷的轨道上牵引的机器，由矿车组成的地下列车，地下有轨电车，通向采掘井的楼梯井，开动钻岩机的压缩空气的管道——总而言之，所有的采煤设备都被从煤仓的深处搬了出来，丢弃在地面上。被挖空了的煤矿犹如一个庞然大物的尸体，人们从它体内取走了各种器官，只剩下骨头架子了。

工程结束后，那些设备中只留下了通过耶鲁井——现在唯一能进入多查特煤仓下层平巷的通道——的长长的竹梯。

在外面，那些依然标示着上述煤仓挖掘位置的、以前用于掩蔽“露天”工程的建筑物，此时已同别的煤仓一样被遗弃，它的一切构成了阿柏福伊尔煤矿的全貌。

当矿工们最后一次离开他们曾生活于其中那么多年的煤矿时，这是个凄凉的日子。

---

① 采矿分为“井下”工程和“露天”工程：一部分人在里面干活，另一部分人在外面干活。

工程师詹姆斯把几千名工人召集到了一起，这是一群勤劳勇敢的煤矿工人。采煤工、矿车推运工、司机、填土工、矿井坑道支架的装设工、养路工、售票员、卸车工、铁匠、木匠，所有的人，妇女、孩子、老人、井下工人和露天工人，他们被集中到昔日装满了煤的多查特煤仓的巨大的院子里。

这些即将失去生计的勇敢的人们——多少年来他们祖祖辈辈生活在阿柏福伊尔——在他们永远离开这里之前等着和工程师道别。公司以额外报酬的名义向他们分发了本年度的红利，只有一点点。因为矿脉上的收益实际上只略微超过开采成本，可这些钱必须维持到他们被招工时，或去邻近煤矿，或去农场，或去郡里的工厂。

詹姆斯站在宽敞的单坡层顶门口，在这层顶底下，采掘井的那些功率强大的蒸汽机曾开动过那么长的时间。

多查特煤仓的工头西蒙·福特那时五十五岁，工程的另几个指挥者围在他的身边。

詹姆斯出现了。矿工们取下帽子，深深地保持着沉默。

这道别的一幕有着一种感人的色彩，又不失庄重。

“朋友们，”工程师说，“我们道别的时刻到了。阿柏福伊尔的煤矿，那么多年来我们曾在这里共同劳动，现在已被开采完了。我们未能找到新的矿脉，而最后的一块煤，刚刚从多查特煤仓挖下！”

为了证实他的话，詹姆斯指给矿工们看留在一个抓斗底部的一堆煤。

“这块煤，朋友们，”詹姆斯接着说，“就像流动在煤矿的血管里的最后一粒血细胞！我们将把它保存起来，就像我们保存着一百五十年前从阿柏福伊尔的矿床挖下的第一块煤一样。在这两块煤之间，许多代的工人在我们的煤仓里交接过。现在，这结束了！你们的工程师对你们说的最后的话是道别的话。你们曾经靠矿生活，它在你们的手下被挖空了。工作曾是艰巨的，但对你们来说并非没有收益。我们这个大家庭即将散开，散开了的成员们今后永不可能再聚到一起。但是，请不要忘了我们曾长期生活在一起，不要忘了在阿柏福伊尔的矿工中间，相互帮助是个责任，你们以前的头头们也不会忘了这点。曾经一起工作过的人们是不会视彼此为陌生人的。我们将关心着你们，而且，你们作为正派人走到哪里，我们的推荐就跟你们到哪里。再见吧，朋友们，愿上苍保佑你们。”

讲完之后，詹姆斯抱住了矿上最年长的工人，泪水润湿了他的眼睛。接着，不同煤仓的工头们上来和工程师握手，与此同时，矿工们挥舞着帽子喊着：

“再见，詹姆斯·史塔尔，我们的头儿和朋友！”

这一告别场景将在这一颗颗勇敢的心里留下难以磨灭的回忆。但是，这群人不得不悲伤地渐渐离开这巨大的院子。詹姆斯·史塔尔感到周围空荡荡的。通向多查特煤仓的那些小路上的黑土在矿工们的脚下最后一次发出了声响，寂静替代了在此之前还充满着阿柏福伊尔煤矿的那种欢乐的嘈杂声。

只有一个人留在詹姆斯身边。

那是工头西蒙。在他身边站着一个十五岁的少年，他的儿子哈利，他被雇用在井下工作已经好几年了。

詹姆斯和西蒙相互了解，因为相互了解，所以都很重视对方。

“别了，西蒙。”工程师说。

“别了，詹姆斯先生，”工头说，“让我更确切地加上一句：再见！”

“是的，再见，西蒙！”詹姆斯接着说，“您知道，我将永远为能和您重聚并和您谈我们这老阿柏福伊尔的过去而感到幸福！”

“我知道，詹姆斯先生。”

“我在爱丁堡的家向您敞开着！”

“太远了，爱丁堡！”工头摇着头答道，“是的，离多查特煤仓太远！”

“远？西蒙，您打算住哪儿？”

“就这儿，詹姆斯先生！我们不会丢下矿，我们这些年事已高的被哺育者，不会因为它的奶干了就离开的！我妻子、我儿子和我，我们会继续忠于它的！”

“那就别了，西蒙。”工程师答道，嗓音中抑制不住激动。

“不，我再对您说一遍：再见，詹姆斯先生！”工头回答说，“而不是别了！西蒙·福特保证，阿柏福伊尔会再次见到您的！”

工程师不愿夺走工头这最后的幻想。他拥抱了年轻的哈利，哈利正用激动的大眼睛看着他。他最后一次握了握西蒙的手，离开了煤矿。

这是十年前发生的事了，然而，尽管工头表示过在什么时候来看看他的愿望，詹姆斯却再也没得到他的消息。

这是在分别十年之后，西蒙给他来了这封信，邀请他即刻回到以前的阿柏福伊尔煤矿去。

一个令他感兴趣的有关大自然的情报，那会是什么呢？多查特煤仓，耶鲁矿井！这些名字唤醒了他心头对往昔何等的回忆啊！是的，那是个好时光，工作的时光，战斗的时光——他的工程师生涯中最好的时光！

詹姆斯重读了信。他从各个角度反复推敲这封信，他着实为西蒙·福特未多加一笔感到遗憾。他抱怨他写信竟会如此简扼。

老工头会不会发现了某个可开采的新的矿脉？不会的！

詹姆斯记得，阿柏福伊尔的煤矿在工程最终结束前曾被何等细致地勘探过。他亲自做了最后一次探测，可在这块因开采过度而毁坏了的土地中未发现任何新的矿床。人们甚至想试试地层底下是否有煤地——而这些地层，如泥盆纪的红砂岩，通常是处于煤层下面的——然而一无所获。詹姆斯因此对放弃这个不再有任何一块可燃物的矿有绝对的把握。

"不会的，"他一再对自己说，"不会的！怎么可能逃过了我的搜索却被西蒙找到了呢？可是，老工头应该很清楚，在这世界上只有一件事能使我感兴趣，而这个我必须保密的邀请却要我去多查特煤仓！……"

詹姆斯总是回想到这一点上。

另一方面，工程师所了解的西蒙是个干练的矿工，尤其具有职业的本能。自从放弃了对阿柏福伊尔的开采后，他再也没见过西蒙。他甚至不知道老工头如今变成了什么样，也不清楚他在干些什么。他所知道的一切，就是西蒙约他去耶鲁矿井，西蒙的儿子明天一整天在卡兰德火车站等他。显然这涉及游览多查特煤仓。

“我要去，我要去！”詹姆斯说，随着时间推移，他越来越感到极度激动。

这位可敬的工程师属于那类充满激情的人，他的脑子总是骚动着，就像一把放在旺火上的开水壶。他是那种念头在其中沸滚着的开水壶，在别的开水壶里，念头是用文火平静地煨着的。而那一天，詹姆斯的念头在旺火上沸滚着。

但就在那时，发生了一件极难预料的事情。这是一滴冷水，它将暂时冷凝这个脑子里的所有蒸汽。

原来，将近晚上六点钟时，詹姆斯的仆人从第三次邮班取来了第二封信。

这封信装在一只大信封里，信封上的地址是由一只训练极少的手用羽笔书写的。

詹姆斯撕开信封。里面只有一张因时间久远而发黄的纸片，似乎是从一本不再使用的练习本上撕下来的。

纸上仅一句话，内容如下：

工程师詹姆斯·史塔尔放下手头的事已无意义——因为西蒙·福特的信现已没有指向。

没有署名。

第二章
途中

当詹姆斯读了跟第一封信意思相反的第二封信后，他那些奔腾着的念头突然止住了。

“这是什么意思？”他寻思着。

詹姆斯再次拿起了被撕成两半的信封。跟那封信一样，信封上盖的是阿柏福伊尔邮局的邮戳。因此，信是从斯特林郡的同一个地点寄出的。信不是老矿工写的——显而易见。但同样显而易见的是，第二封信的作者了解工头的秘密，因为他明确地阻挠了要工程师去耶鲁矿井的邀请。

第一个通知现在真的已无所指？是有人想阻止詹姆斯前往，不管这一举动是否有效？说得更确切些，会不会是有人想恶意阻挠西蒙的计划？

这就是詹姆斯在一番深思熟虑后所想到的。两封信之间的这种矛盾只是在他心里激起了更强烈的前往多查特煤仓的愿望。何况，如果在这一切中只有一个是骗局，最好是去查证一下。但詹姆斯似乎觉得更该相信第一封而不是第二封信——也就是说，相信像西蒙这样的人的邀请，而不是他的匿名反对者的这一通知。

“既然有人试图影响我做出决定，”他想，“那西蒙的这一通知必然极其重要！明天，我就按指定的地点和约定的时间赴约！”

当晚，詹姆斯让人为他准备好旅行用品。由于可能得离开好几天，他写了封信，将他无法参加协会的下一次会议事先通知“皇家协会”主席W．埃尔菲斯顿爵士。他还推掉了这一周内可能要他做的两三件事。然后，在吩咐了仆人准备好一个旅行包后，他上了床，怀着比这一事件可能带给他的更为激动的心情。

次日，五点钟，詹姆斯跳下床，穿得暖暖的——因为下着寒冷的雨——离开了他在坎农门[①] 的家，去格兰顿码头搭汽船，汽船将溯沃斯河而上，三个小时可抵达斯特林。

可能是第一次，詹姆斯在穿过坎农门时没有回头望圣十字架这座苏格兰古代统治者的宫殿。他不去看穿着古代苏格兰服装——绿布衬裙、方格花呢长巾，长毛山羊皮袋悬在大腿上的宫殿暗道前的卫兵们。尽管他和古老的喀里多尼亚运河的所有真正子孙一样，是瓦尔特·司各特的狂热崇拜者，工程师却像以前从未那么做过一样，甚至看也不看威夫利下榻的那家客栈，在那儿，裁缝曾为他送来那套著名的、博得弗洛哈特寡妇那天天真的

---

① 旧爱丁堡的主街和名街。

赞赏的格子花呢战服。他也不向小广场致意，山民们在王位觊觎者获胜之后，曾在那儿冒着击中弗罗拉·马克·伊沃的危险开枪。监狱那口钟将它被破坏的钟面伸到了街中心，他朝钟看了看，只是为了证实他绝未错过开船时间。还得承认，在奈尔荷弯道，他的目光都不扫一下伟大的改革家约翰·诺克斯的那所房子，他是玛丽·斯图亚特唯一不能用微笑诱惑的男人。但，在从高街走上在小说《修道院院长》中被那么细微地描绘的人民街后，他向桥街的那座连接着爱丁堡三个山冈的宏伟的大桥冲去。

几分钟后，詹姆斯到了“干线铁路”火车站，火车在半小时后把他载到了新港，这是一个美丽的渔村，距爱丁堡的港口莱恩一里路。上涨的潮水那时再一次淹没了岸边黑黝黝的碎石颇多的海滩。那些防栅浸浴在最前面的波浪中，那是一种以链子作承荷的防波堤。左边，行驶于福斯河上爱丁堡和斯特林之间的船舶中，有一艘正停泊在格兰顿码头。

这时，“德·加勒王子号”的烟囱吐出了滚滚黑烟，船上的锅炉发出了沉闷的声音。钟声响起，“当当”地只敲了几下，迟到的旅客们赶忙奔跑起来。在那些人中，有商人、农民和部长们，后者的短裤、长礼服和围在他们脖子上的白色薄缘带让人很容易辨认。

詹姆斯不是最后一个上船的。他轻捷地跳到“德·加勒王子号”的甲板上。尽管雨下得很猛，旅客中却没有一人想到去汽船的大厅中躲避。所有的人都留在原地不动，裹在他们的旅行服装里，有几个人不时从他们的酒瓶里喝杜松子酒或威士忌取暖——

他们称之为“体内穿衣”。最后一下钟声响起，缆绳松开了，“德·加勒王子号”为驶出小小的锚地变换着位置，这锚地帮助它避开北海的海浪。

沃斯的弗斯，这是人们为在北面的菲弗海岸和南面的林利尔格郡、爱丁堡郡及哈丁顿郡海岸之间挖掘的海湾取的名字。它形成了沃斯河的小港湾——一条不太重要的河流，类似水深流急的泰晤士河或默西塞河，它从本·柔梦西侧的坡上下来，在金卡丁投入大海。

从格兰顿码头到这个海湾尽头的路并不长，如果中途不需要在河两岸的不同码头停靠就不必绕许多弯。村舍展现在沃斯河岸肥沃的田野上的树丛之中。詹姆斯躲在从鼓形柱段间伸出来的宽大的跳板底下，并不打算透过这被纤细的雨丝划得一道道的景色发现什么东西。他更关心的，是他有没有引起某个旅客的特别注意。确实，第二封信的匿名作者可能就在这条船上。然而，工程师未能当场发现任何可疑的目光。

“德·加勒王子号”在离开格兰顿码头时，方向是朝着夹在南女王渡口和北女王渡口两端之间的狭窄的海峡的，从海峡再往前，沃斯河形成了一个可通行百吨船只的湖泊。在阴雨天短暂的晴朗中，远处的云雾间露出了格兰皮恩峰积雪的山顶。

很快，汽船就远离了阿柏都尔的乡村——柯尔姆岛，在那岛的顶上是一处 12 世纪的隐修院遗迹——彭布格城堡的废墟，接下来是多尼布里索，摄政者牟雷的女婿就是在那儿被杀害的，接着是筑有防御工事的卡维小岛。汽船通过了女王渡口的海峡，把罗西思城堡留在了它的左侧，在那儿，曾居住过和克伦威尔的母亲有着姻亲的斯图亚特王族中的一个支系，汽船驶过根据联邦条约的一项条款始终筑着防御工事的黑色城堡后，沿着查尔斯顿小巷的码头行驶，爱尔琴勋爵的驯马场的石灰就是从这码头运出去的。最后，“德·加勒王子号”的钟声提醒大家克隆比岬码头到了。

那会儿，天气极其恶劣，雨被如龙卷风般扫过的咆哮着的狂风粉碎成了水雾。

詹姆斯有点担心。西蒙的儿子会如约前来吗？他凭经验知道：习惯了煤矿的宁静沉寂的矿工们，不像工人和农民那样乐意面对这种有不少麻烦的环境。从卡兰德到多查特煤仓，再到耶鲁矿井，距离该有四里。在某种程度上，老工头的儿子要是迟到，原因就在此。尽管如此，工程师想得更多的还是，第一封信定下的这个约会被第二封信阻挠了——说实话，这是他最大的担心。

不管怎样，如果哈利·福特在火车到卡兰德时未来接站，詹姆斯决意独自前往多查特煤仓，如果有必要，甚至径直去阿柏福伊尔的乡村。在那儿，他肯定能得到西蒙的消息，他将打听到老工头目前住在哪儿。

这时，“德·加勒王子号”在桨叶的推动下又卷起了重重巨浪。河的两岸什么也看不见，无论是克隆比的乡村、托列本·托列建筑、新磨坊、卡里登建筑、科克农庄，还是在右岸的那个晒盐池。波尼斯的小港，挖在克里德运河口上的农庄嘴港口，都在潮湿的雾气中消失了。古老的喀尔洛斯镇和它的西多修道院的废墟，汽船在那儿做了中途停靠的金卡丁和它的建筑工地，区尔特古堡及其13世纪的方形钟楼，克拉克玛兰和它那由罗伯特·布鲁斯建造的城堡，透过斜飘的雨丝都无法看见。

“德·加勒王子号”停在阿洛厄码头并下了几个旅客。詹姆斯想到离开十年之后又走近了这座小城，这养育着多少劳动者的重要采煤基地，他的心揪紧了。他的想象把他带到了这儿的地下，矿工们的镐依旧在采掘着巨额的利润，这些几乎和阿柏福伊尔的矿毗连的阿洛厄的矿继续在为郡里增加财富，然而，和它相邻的那些矿层，在被挖空多年后再也没有一个工人了。

汽船离开阿洛厄后，驶进了一段有十九里路的由福斯河形成的许多河湾的深处。船在两岸大树间迅速行驶着。开了一会儿，建于12世纪的坎勃斯金尼修道院的废墟露出来了片刻。接着到了斯特林的城堡，在那儿，福斯河上架着两座桥，离桅船无法再往前行驶了。

“德·加勒王子号”一靠岸，工程师就轻捷地跳上了码头。五分钟后，他到了斯特林火车站。一小时后，他在泰石左岸的大村庄卡兰德下了车。

在那儿，一个年轻人守候在火车站的对面，他立刻向工程师迎来。

他是哈利，西蒙的儿子。

第三章

联合王国的地底下

为使大家理解这个故事，得用几句话回顾一下煤矿的起源。

地质时期，当地球这一旋转椭球体正在形成时，它是被一层饱含着水蒸气并浸透了碳酸的厚厚的大气环绕着的。这些蒸气渐渐地冷凝成了暴雨，犹似从成亿成亿个汽水瓶的瓶颈中喷溅而下。这实际上是一种含有碳酸的液体，它湍急地流到一块黏糊糊的极不坚实的土地上，这土地由于太阳的热和地球内部物质的热的共同作用，突然地或缓慢地变形，形成了那种半流动的状态。由于内部的热尚未积储到地心，不太厚的未完全硬化的地壳便任由它们从它的孔里溢出。由此，产生了一种植物现象——毫无疑问，这样的现象也可能在金星或水星这些比地球更靠近太阳的内行星的表面产生。

还很不稳定的大陆的土地上因此覆盖着一望无际的森林。那时适于植物界的发展的碳酸极为丰富，树木的根那时都浸在一种被淡水和海水的混合物充满的无边无际的环礁湖里。它们贪婪地吸取被它们从大气中一点点倾析出来的碳，却仍无法适应生命的运作，可以说，它们是注定了要以煤的形式被储藏于地球内部。

实际上，那是个地震频繁的年代，那些由于内部的波动和深层的作用引起的地震，突然间改变了地球表层尚不稳定的轮廓。这儿，膨胀起来的地方成了山脉；那儿，一个个深坑被大洋或大海占满了。那时，整片整片的森林陷入地球硬壳，穿过不断运动的地层，直至找到一个支撑点，例如花岗岩的原始地层，或通过下沉，组成了极其坚实的一块。

地球内部的地质构成实际上是按这样的顺序排列的：远古的地层之上是由古生代的地层组成的新增的地层，接着是中生代地层，其中煤床处于下层，然后是第三纪地层，而在上面则是古代和现代的冲积地层。

在那个时代，还没有一个河床能留住地球上到处产生的冷凝水，这些水在奔腾中从勉强才成形的岩石中夺走了片岩、砂岩、钙质岩的组成物。水流到了泥炭质森林的上面，把这些将叠合成煤田的土壤的成分留了下来。随着时间的推移——数以百万年计的阶段——这些土壤变硬了，层层叠起，并把陷下去的整片整片森林封闭在由圆砾岩、片岩，密集的或易碎的砂岩、石砾、碎石构成的厚厚的地质之下。

这口在几个不同的深处堆积着植物材料的巨大的熔锅内发生了什么呢？一项真正的化学操作，一种蒸馏。这些植物内所含的碳全都粘结住了，在巨大的压力和那时离它那么近的内部的热产生的高温的双重作用下，一点一点地形成了煤。

就这样，在这种缓慢但不可抑制的反应下，一个王国取代了另一个王国。植物变成了矿石。那些最初靠有活力的汁液，以植物性的生命生存着的植物全都石化了。封闭在这本巨大的植物志内的某些未完全变化的物质，将它们的印迹留在了更迅速地矿石化的别的生成物上，就像以难以估量的强大液压压在了它们上面。与此同时，一些被水卷走的贝壳，一些植形动物类，例如海星、珊瑚骨、石燕，直至鱼类、蜥蜴，也在依旧柔软的煤上留下了它们清晰的印模，犹如“画下了令人赞叹的一笔[①]”。

在含碳地层的形成中，压力似乎起着一种重要的作用。实际上，工业中所使用的煤的不同品种都取决于压力的强度。所以，在煤矿的最底下的几层，开出来的是无烟煤，在这种煤里，挥发性的物质几乎全没有了，含碳量是最大的。在最高的几层中，正好相反，开出来的是褐煤和化石木，是含碳量最少的物质。在这两层之间，根据地层承受压力的程度，会见到石墨的矿脉，肥煤或贫煤，甚至可以断言，由于缺乏足够的压力，含泥炭的沼泽地层并未完全变化。

因此，在业已发现的地球上的几处煤矿的起源是这样的：地质时期，大批的森林被吞没在地壳内，然后，在压力和热的影响

① 此外，必须注意到，所有那些被发现的留下了印模的植物，都属于地球上赤道地区至今尚存的品种。由此可得出结论，在那个时代，地球上到处都一样炎热，不管这热是由暖流带来的，还是由于地底下的热透过了有孔的硬壳在地球表面造成的感觉。这可以用来解释在地球所有纬度的地底下，那些含碳的地层是怎样形成的。

下，在碳酸的作用下，随着时间的推移完成了矿石化。

然而，通常总是那么慷慨的大自然，却没有吞下足以供人类几千年消耗的森林。总有一天煤会短缺——这是肯定的。要不是在格陵兰，在巴芬岛海的周围有一片永恒的冰层覆盖着含碳矿层，地球或早或晚就不会再有含碳矿层，而在那些地方进行开采几乎是不可能的，这是无法避免的命运。至今尚极为丰富的美国的煤田：咸湖煤田、奥杰隆煤田、加利福尼亚煤田，总有一天会供不应求。布列东和圣劳伦的煤矿，阿勒格尼、宾夕法尼亚、弗吉尼亚、伊利诺斯、印第安纳、密苏里的矿床也将会这样。尽管北美洲的含碳矿层十倍地可观于全世界的所有矿床，但不出十个世纪，长着成百万张嘴的那头名为“工业”的巨兽就将吞下地球上的最后一块煤。

众所周知，旧大陆会更快地感到缺煤。在阿比西尼，在尼纳塔尔，在赞比西河，在莫桑比克，在马达加斯加，存在着许多可燃矿层，但对它们进行有规律的开采极其困难。缅甸、中国、交趾支那、日本、中亚，那儿的可燃矿层很快就会被采尽。英国人肯定会在联合王国缺煤之前先挖光澳大利亚地底下的煤炭产品，那里的储藏相当丰富。那时，已被挖空的欧洲的含碳矿脉早被废弃了。

让我们通过自第一批煤床被发现以来煤消耗量的数字做一估算。俄罗斯、萨克森和巴伐利亚的煤田有六十万公顷；西班牙为十五万；波希米亚和奥地利为十五万。长四十里宽三里[①] 的比利

① 法国古里，合四公里。未注明的均为英里。

时煤田也有十五万公顷，这批煤田绵延于列日、那慕尔、蒙斯和查尔王的地底下。在法国，煤田位于卢瓦尔河和罗讷河之间，约有三十五万公顷。

毋庸置疑，煤最丰富的国家就是联合王国。除去几乎绝对缺乏可燃矿物的爱尔兰，联合王国拥有巨大的含碳财富——但跟一切别的财富一样，它是会耗尽的。在各类煤田中，最重要的是纽卡斯尔煤田，位于诺森勃兰郡的地下，年产煤达三千万吨，也就是接近英国耗煤量的三分之一，比法国产煤量的两倍还多。集中于加的夫、天鹅海、新港的斯威士地区的煤田，每年生产以该地名命名的如此珍贵的煤一千万吨。在中部，约克郡、兰开夏郡、德比郡、斯塔福德郡的煤田都在开采中，产量较少，但也很可观。最后，在爱丁堡和格拉斯哥之间的苏格兰的这一部分，在这被海浪冲得如此凹陷的两个大海之间，绵延着联合王国最大的矿脉之一。这些不同的煤田的总数，不会少于一百六十万顷，这种黑色燃料年产量可达一亿吨。

但这算不了什么！要满足工业和商业的需求，煤的耗量将会增加到把这些财富完全耗尽。不必等到基督纪元的第三个一千年结束。在欧洲，矿工的手将掏空那些将古时候的太阳的热集中在内的仓库。

而就在这个故事发生的年代，苏格兰的最重要煤田之一，由于开采过速被挖空了。实际上，阿柏福伊尔的煤矿开采地就在这一区域，伸展在爱丁堡和格拉斯哥之间，在一块十到十二里的中等大小的土地底下，工程师詹姆斯曾那么久地领导着那里的工程。

而10年来，这些矿不得不被丢下了。尽管勘探曾深入到一千五百甚至两千英尺的深处，却未能找到新的矿脉，当詹姆斯离开时，他确信，连最贫瘠的矿脉也被挖完了。

因此，在这种情况下，在英国地下深处发现一个新的煤田，显然将是个引人注目的事件。西蒙宣布的情报会不会是关于这类性质的事？这既是詹姆斯寻思着的，也是他所希望的。

总之，这片富饶的黑印度上是不是有另一个角落要召他来再次征服？他愿意这么认为。

关于这一点，那第二封信曾一度迷糊了他的思路，但现在他不再考虑它了。何况，老工头的儿子就在那儿，按照约定等候着他。因此，匿名信不再有任何价值了。

工程师刚踏上码头，那个年轻人就朝他走来。

“你是哈利·福特？”詹姆斯开门见山地急急问他。

“是的，史塔尔先生。”

“我都认不出你了，孩子！啊！十年过去，你成了大人了！”

“我，我认出了您，”年轻的矿工答道，帽子拿在手中，“您没变，先生。您还是分别那天在多查特煤仓拥抱我的您！这是忘不了的，这些事！”

“把帽子戴上，哈利，”工程师说，“雨很大，礼貌不应该造成感冒。”

“您愿意我们去躲会儿雨吗，史塔尔先生？”哈利·福特问。

“不，哈利。没时间了。这雨会下一整天，我很急。走吧。”

“听您吩咐。”年轻人回答说。

“跟我说说，哈利，你父亲好吗？”

“好极了，史塔尔先生。”

“那你母亲呢？”

“母亲也很好。”

“是你父亲给我写的信，约我去耶鲁矿井？”

“不，是我。”

“可西蒙是不是因此给我寄了第二封信，要取消这次约会？”工程师急急地问。

“没有啊，史塔尔先生。”年轻的矿工回答说。

“行！”詹姆斯答道，不再提那封匿名信。

接着，他又问：“那你能否告诉我老西蒙要我干什么？”

“史塔尔先生，我父亲执意要亲自对您说。”

“可你知道那事？”

“我知道。”

“好吧，哈利，我不问你了。上路吧，因为我急着想跟西蒙聊聊——对啦，他现在住在哪儿？”

“在矿里。”

“怎么会！在多查特煤仓？”

“是的，史塔尔先生。”哈利·福特答道。

“怎么会！工程结束后你们家没离开过老矿？”

“一天也没，史塔尔先生。您了解父亲，他是在那儿出生的，他要死在那儿！”

“我懂，哈利……我懂！他的故乡的煤矿！他不愿丢下它！

那你们在那儿快乐吗？”

“是的，史塔尔先生，”年轻的矿工答道，“因为我们彼此真诚地爱着，我们没有太多的需要！”

“那好，哈利，”工程师说，“上路吧！”

于是，詹姆斯跟随着年轻人穿过了卡兰德的街道。

十分钟后，两人离开了这座城市。

第四章

多查特煤仓

哈利·福特是个身材高大的小伙子，二十五岁，精力充沛，体格健美。他的相貌有点严肃，几乎总是一副沉思的姿态，这使他从孩提时起就极容易从矿上的伙伴们中被认出来。他的五官很端正，眼睛深邃而温和，头发相当粗硬，金黄色中带着栗色，他身上的那种天然的魅力完全适于使他成为罗兰德的完美典型，即大平原上的苏格兰人的绝妙样本。由于几乎从很小起就在煤矿劳动，使他成了一个既身强力壮又有着勇敢善良的性格的伙伴。在父亲的引导下，在自身本能的推动下，他很早就参加工作并培养自己，在别人还只是学徒的那个年龄，他已把自己塑造成了某种人物——跻身他这种地位中的一流，因为他在一个无知者不被重视的国家里生活，它正倾竭全力消除无知。在青少年时代的最初几个年头，十字镐不曾离开过哈利·福特的手，但这个青年矿工并未耽误学到足够的知识，以使自己在煤矿的等级制度中获得晋升。要不是矿被废弃，他早就继承他父亲的工头身份了。

詹姆斯依然步履矫健，然而，仍不易赶上他的向导，如果哈利不是放慢了脚步的话。

哈利·福特提着工程师的轻便行李，和詹姆斯沿着河的左岸走了约一里路。在走完了弯弯曲曲的河滩后，他们上了一条通向田地的路，路上的大树水淋淋的。另一边是宽阔的牧场，围着孤零零的农村。几群牲口安静地吃着青草。那是一些没有角的母牛，或是长着丝一般羊毛的小羊，就像孩子们的羊舍中的羊那样。没见到一个牧童，肯定是躲到某个树洞里避雨去了，但“苏格兰牧羊犬”在绕着牧场转来转去，这是联合王国这一地区特有的狗并以其警惕性著称。

耶鲁矿井距卡兰德约四里路。詹姆斯边走边克制着感情。自阿柏福伊尔的最后一吨煤倒进格拉斯哥的火车车厢那天起，他再也没见过这地方。农业生活现在取代了一贯更为喧闹更为活跃的工业生活。冬日的田野因为停止了劳作使得这一反差更为强烈。但以前一年四季，矿工大军给这块土地的地上地下灌注着活力。装煤的大车那时日夜奔忙，现在被遗弃在腐烂的枕木上的铁轨那时被车厢的重量压得吱嘎作响。眼下，石子路和泥巴路渐渐代替了以前开采地的铁路。詹姆斯觉得是在穿过一片荒漠。

工程师悲伤地看着四周。他略停了一下喘口气。他倾听着，空中现在不再有远远的汽笛声和机器喘息的轰隆声了。在地平线上，没有一团工业家们喜欢见到的那种跟大块的云混在一起的带黑色的蒸气，没有一根在进食了矿层后吐出烟来的高大的圆筒形或棱柱形烟囱，没有一根声嘶力竭地吹出它那白色的蒸气的排气管。以前被煤灰弄脏了的土地，现在有着一副干净的外貌，詹姆斯的眼睛都感到不习惯了。

工程师停下时，哈利·福特也止了步。年轻的矿工默默地等在一旁。詹姆斯完全能感觉到他的同伴心里在想些什么，他有着强烈的同感——哈利，煤矿里的一个孩子，他的一生就是在这地下的深处度过的。

“是啊，哈利，所有这一切都改变了，”詹姆斯说，“然而，由于在这儿的采掘，珍贵的煤必然有一天会竭尽的！你在为那段时光遗憾着！”

“我遗憾，史塔尔先生，”哈利回答说，“工作是艰巨的，但有意思，像一场战斗。”

“一点不错，孩子！每时每刻都有战斗，塌方的危险，火灾，水淹，雷击般袭来的瓦斯爆炸！那时必须避开这些危险！你说得好！这是战斗，也正因为此，生活是动人的！”

“阿洛厄的那些矿工要比阿柏福伊尔的矿工们幸运，史塔尔先生？”

“是的，哈利。”工程师答道。

“事实上，”年轻人叫道，“该遗憾的，是整个地下世界不是单一地由煤组成的！否则就可开采几亿年了！”

“毫无疑问，哈利，但必须承认，在那期间，大自然显示出了它的远见，在组成我们这旋转椭球体时，用得更多的是砂岩、钙质岩、花岗岩，火没法把它们烧毁！”

“史塔尔先生，您想说，人类最终将因烧毁他们的地球而毁灭？”

“是的！千真万确，我的孩子，”工程师回答，“地球将把它的最后一块扔进火车头、移动式内燃机、汽轮、煤气工厂的锅炉里，而且，必然地，我们这世界就是这样地在某一天将被毁掉！”

“这不必再担心，史塔尔先生，此外，煤矿的采尽无疑要比统计表上估计的更为迅速！”

“会有那么一天的，哈利，据我看，英国用自己的燃料去换取别的民族的金子，这是个错误！”

“确实。”哈利回答。

“我知道，”工程师补充说，“无论水力还是电力，都还没到穷尽的时候，总有一天人们会充分地利用这两种动力。但这管什么用！煤的使用是极方便的，而且随时都可满足工业的不同需求！不幸的是，人无法凭自己的意愿生产煤！地面上的森林在热和水的作用下能不断地重新长出，但是地底下的森林，它们是无法重新长出的，地球永远都不可能在必须的条件下重新造出它们！”

詹姆斯和他的向导一面交谈着，一面又快步走起来。在离开卡兰德一个小时后，他们到了多查特煤仓。

即使是一个漠不关心的人，面对被遗弃的设施呈现出的那副凄凉面目，也会感到触目惊心。那就像是以前曾那么生气勃勃的人所剩下的一副骨头架子。

几株枯瘦的树围着一块宽阔的地，土壤被一层可燃矿石的黑色尘土覆盖着，但再也看不到未烧尽的煤屑、大块的煤，也不见一块煤的碎片。所有的一切早已被拿走，被用掉了。

在一片不太高的山丘上，显现着一个被阳光和雨水缓慢地侵蚀着的硕大的构架的倒影。构架顶上是一个宽大的支腿或生铁轮子，稍下一些，圆鼓鼓的是那些粗大的滚筒，昔日，把罐笼吊上地面的缆索就一圈圈地绕在这些滚筒上。

在下面那层，可以辨认出破败不堪的机器房，那些用钢或铜铸造的机械部件以前是那样的闪闪发亮。几面墙的构架倒在地上，由于潮湿，格栅的中央已经破裂并变成了绿色。几块铰接排水泵杆的残件，一些破碎的或沾满了油污的轴承，几个断了牙齿的齿轮，一些推倒在地的起重机械，看过去就像鱼龙的脊柱的几个钉在支架上的梯级，几段仍被两三个摇摇晃晃的桩基支撑着的架在断裂的枕木上的铁轨，一些再也拉不动一节空的翻斗车的有轨电车，这一切构成了多查特煤仓的荒凉景象。

磨损的矿井的石井栏被盖没在厚厚的青苔底下。这儿可以发现某个罐笼的残余部分，那儿可以认出按质量和体积拣煤的储煤处的残迹。总之，这吊着一段链子的大木桶的碎片，这巨大的支架的断片，这被捅破的大锅的板材，这扭曲了的活塞，这俯向泵井井口的长摆，这在风中摇晃的跳板，这在脚下抖动的单跨桥，这有裂缝的围墙，这俯临着被隔开的砖砌烟囱的崩塌了一半的屋顶，所有的一切使人强烈地感到，即使石头古堡的废墟和被拆毁的堡垒的残迹都不可能如此悲惨，如此凄凉。

“这是场浩劫。”詹姆斯望着年轻人说，对方没有回答。

于是两人从遮蔽着耶鲁矿井井口的单坡屋顶下走出去，井口的那些梯级至今仍能通达煤仓下面的平巷。

工程师向井口俯下身去。

以前，那里面一股股地涌出被通风机抽出的强大气流，此时却是个静悄悄的深渊。他们好像来到了某个被堵住了的火山口。

詹姆斯和哈利·福特踏上第一个楼梯平台。

在开采时期，阿柏福伊尔的某些矿井由灵巧的机械互相连通，机械化程度很高。装着自动防坠器的罐笼，钩在木头的滑槽上，被称作“机器人”的摆动梯子，通过一个简单的摆动动作，就可让矿工毫无危险地下来或毫不费劲地上去。

但自从工程结束后，这些完善的机械全被拿走了。在耶鲁矿井只剩下了一长串被五十平方英尺的狭窄的楼梯平台隔开的梯子。有三十架这样的梯子首尾相接，可让矿工一直下到下层平巷的地槛上。这是多查特煤仓底部与地面之间的唯一通道。至于通风，耶鲁矿井的平巷连通着另一个井口开得较高的矿井——热空气通过这种逆向的呼吸自然地散发出去。

“我跟着你走，孩子。”工程师说，朝年轻人做了个请他先行的手势。

“听您吩咐，史塔尔先生。”

“你有灯吗？”

“有，但愿这仍是我们以前使用的那个安全灯！”

“确实，”詹姆斯答道，“现在再也不用害怕瓦斯爆炸了！”

哈利只带了个一般的油灯，他点燃了灯芯。在挖光了煤的煤矿里，不会发生原生碳化氢气体泄漏。所以不必担心任何爆炸，不需要在火焰和周围的空气之间放置那种防止火点燃外面煤气的金属纱网。当年那么完善的大卫灯在这里再也用不上了。但如果说不存在危险，那是由于引起危险的因素消失了，而这种可燃因素过去曾造就了多查特煤仓的财富。

哈利走下上面那架梯子的最初几级梯级。詹姆斯尾随着他。不一会儿两人到了只有灯的光亮的黑暗深处。年轻人将灯举过头顶以便同伴看得清楚些。

工程师和他的向导以矿工惯有的那种谨慎步子走完了十二级梯级。梯级还很坚实。

詹姆斯好奇地观察着微弱的灯光所允许他看得见的深暗的矿井内壁，一个半腐烂的木头井壁装置还罩在那上面。

到了第十五个楼梯平台，即一半路走完后，他们歇了一下。

“显而易见，我的腿不如你，孩子，”工程师久久地喘息着说，“但不管怎样，还能走。”

“您挺棒，史塔尔先生，”哈利回答说，“这是由于，您曾长期在矿里生活过，知道里面的情况。”

“你说得对，哈利。以前，二十岁时，我一口气就能下去。走吧，上路！”

然而，正当两人要离开平台时，矿井深处远远地传来了一个声音。那声音就像渐渐膨胀的声波那样变得越来越清晰。

“啊！谁在那儿？”工程师拉住哈利问。

“我不知道。”年轻的矿工答道。

“不会是你的老父亲？”

“他？史塔尔先生，不会的。”

“是哪个邻居，嗯？”

“在煤仓井下我们没有邻居，”哈利答道，“只有我们，就只有我们。”

“那好！让这擅入者过去，”詹姆斯说，“往下走的人要让往上走的人。”

两人等候着。

这时，声音洪亮地响着，就像通过一个巨大的传声筒传过来似的，不一会儿，一首苏格兰歌的几句歌词清晰地传进了年轻的矿工耳朵里。

“《湖之歌》，”哈利叫道，“啊！如果不是从杰克·瑞恩而是从别人嘴里唱出这首歌，我准会大吃一惊。”

“他是谁，这个杰克·瑞恩，唱得这么好？”詹姆斯问。

“煤矿里以前的一个伙伴。”哈利答道。

然后，伏到楼梯平台上：

“嘿！杰克！”他喊道。

“是你吗，哈利？”他回答，“等着我，我就到了。”

歌声又更美妙地响起来。

过了一会儿，一个身材高大的二十五岁小伙子出现在他提着的灯射出的圆锥形的光亮深处，一张快乐的脸，微笑着的眼睛，高兴的嘴，火红色的头发，他把脚踏上第十五架梯子的楼梯平台。

他的第一个动作是用力握住哈利刚向他伸出的手。

“很高兴遇见你，”他叫道，“但圣蒙里保佑我！要是我知道今天你会回来，就免得我下耶鲁矿井了。”

“史塔尔先生。”哈利这时说，一面把灯转向仍站在阴影中的工程师。

“史塔尔先生！”杰克·瑞恩答道，“啊！工程师先生！我认不出您了。自从离开了煤仓，我这双眼睛不再像以前那样习惯于在黑暗中看了。”

“而我，我现在想起来了一个总是唱着歌的小淘气。这整整有十年了，孩子！是你，没错吧？”

“正是我，史塔尔先生，职业变了，性情未改，您已看见了？啊！我想，笑和唱总要比哭和呻吟更值得。”

“毫无疑问，杰克·瑞恩——你离开煤矿后在干些什么？”

“我在伦夫鲁郡靠近伊尔文的梅洛斯农庄干活，离这儿有四十里。啊！这没法跟我们的阿柏福伊尔的煤矿比！十字镐在我手里要比铲子或戳牛用的刺棒好使得多！再说，老煤仓里有些角落会发出声响，快乐的回声高兴地将你的歌声送回，而在那儿……但您是去拜访老西蒙的吧，史塔尔先生？”

“是的，杰克。”工程师答道。

“那我不耽误您……”

“告诉我，杰克，”哈利问，“你今天怎么到村舍来了？”

“想看看你，伙计，”杰克·瑞恩回答，“并请你参加伊尔文的氏族节日。你知道，我是当地的‘吹笛者[①]’！会有唱歌、跳舞！”

“谢谢，杰克，但我没法去。”

“没法去？”

“是的，史塔尔先生的游览可能会延长，我得陪他去卡兰德。”

“嘿！哈利，伊尔文的氏族节日要在八天后，那时，我想史塔尔先生的游览已经结束了，不会再有任何事把你留在村舍了。”

“确实，哈利，”詹姆斯答道，“别放弃你的伙伴杰克对你的邀请！”

“好吧，我接受了，杰克，”哈利说，“八天后，我们在伊尔文的节日上见。”

“八天后，这说定了，”杰克·瑞恩答道，“再见，哈利！向您致敬，史塔尔先生！看见您回来我太高兴了！我会把您的消息告诉朋友们。谁也没忘了您，工程师先生。”

“我也没忘任何人。”詹姆斯说。

“为大家感谢您，先生。”杰克·瑞恩回答。

“再见，杰克！”哈利说，最后一次握了握他的伙伴的手。

杰克·瑞恩又唱起歌，很快消失在被他的灯光模糊地照着的矿井高处。

一刻钟后，詹姆斯和哈利下到了最后一架梯子，踏上了煤仓最下一层的地面。

耶鲁矿井井下的圆形空地辐射出用于开采矿里最后一片含碳

① 吹笛者是苏格兰演奏风笛的人。

矿脉的各种平巷。这些插进片岩和砂岩岩体内的平巷，有的被马马虎虎弄成方形的粗大的梁的梯面支撑着，另一些加了一个厚厚的石头保护层。到处都是用于充填被挖空的矿层的废石。用采于邻近采石场的石头做的人造坑木现在正支撑着双重地面，即以前靠在矿床上的第三层地面和第四层地面。平巷里现在一片黑暗，过去，不是用矿灯就是用电灯照明，最后几年里还把电灯的使用引入了煤仓。但黑暗的隧道里现在再也没有了翻斗车在轨道上行驶时的吱嘎声，没有了通风门猛地关上的声音，没有了矿车推运工的哈哈大笑，没有了使用崩落开采法炸开岩石的巨响。

“您是否要休息一会儿，史塔尔先生？”年轻人问。

“不用了，孩子，”工程师答道，“因为我想快些抵达老西蒙的村舍。”

“请随我来，史塔尔先生，我来给您带路，不过我敢肯定，在平巷这个黑暗的迷宫里，您完全认得出路。”

“是的，肯定的！我脑子里还有着老煤仓的整个交通图。”

哈利举起灯以照得更亮些，引导工程师走进一条类似大教堂的外殿的高的平巷。两人的脚还是撞上了开采时期用于架铁轨的枕木。

但还未走上五十步，一块巨石掉到了詹姆斯的脚下。

“小心，史塔尔先生！”哈利叫着，抓住工程师的胳臂。

“一块石头，哈利！啊！这些旧拱顶再也靠不住了，毫无疑问……”

“史塔尔先生，”哈利·福特答道，“我觉得这块石头是扔过来的……被人的一只手扔过来的！”

“扔过来的！”詹姆斯叫起来，“你想说什么，孩子？”

“没什么，没什么……史塔尔先生，”哈利支吾着回答，他的目光变得严峻起来，想穿透那些厚厚的岩壁，“接着走吧，请抓住我的胳臂，我请求您，不要担心踩错步子。”

“行，哈利！”

两人朝前走，哈利一面看着身后，一面用矿灯照射平巷深处。

“我们快到了吧？”工程师问。

“最多十分钟后。”

“好。”

“不过，”哈利低声说，“这事不那么简单。我还是第一次遇上这样的事。那块石头肯定在我们正好走过时掉下来了！”

“哈利，那只是个巧合！”

“巧合……”年轻人摇着头答道，“是的，一个巧合……”

哈利停下脚步，听着。

“怎么了，哈利？”工程师问。

“我好像听到有人在我们后面走。”年轻的矿工边答边更专注地竖起了耳朵。

接着他又说道：

“不！我可能弄错了。请尽管靠在我胳臂上，史塔尔先生，您就把我当一根拐杖……”

“一根结实的拐杖，哈利，”詹姆斯答道，“再也没有比你更棒的勇敢的小伙子了！”

两人继续默默地穿越阴暗的外殿。

哈利显然有心事，时常回转身，想突然发现远处的一个声音，或是远处的几缕光亮。

但在他身前身后只是一片静寂和黑暗。

第五章

福特一家

十分钟后，詹姆斯和哈利终于走出了主平巷。

年轻的矿工和他的伙伴到了一块林中空地的底部——如果这个词可用来指一个宽大黑暗的洞穴的话。但这个洞穴并非绝无光亮。几缕光线通过一口废井的井口，穿过上面的地层射到此处。多查特煤仓的空气流通就是经由这个管道。里面的热空气由于密度小被吸往耶鲁矿井。

所以，少量的空气和光亮时不时穿过了片岩厚厚的拱顶直至这片林中空地。

就在那儿，西蒙和他的家人居住了十年，那是个在片岩岩体中挖出来的地下居所，就位于那些功力强大的机器以前操纵多查特煤仓的牵引设备的地方。

老工头住的——他很高兴把它称为“村舍”——就是这样的

居所。由于工作多年，西蒙的生活相当宽裕，他本可住在太阳底下，大树之间的王国的任何一个城市，但他的家人和他，想法一致，兴趣一致，更喜欢留在他们过得很幸福的煤矿里。是的！隐匿在苏格兰地下一千五百英尺处的这个村舍令他们快乐。别的好处中，有一项是不必担心那些税务机关的公务人员，那些负责征税的“大嗓门们”从不会来此跟这儿的房主纠缠不清！

多查特煤仓的前任工头西蒙此时六十五岁，身板硬朗。他因身材高大、健壮、匀称，曾被视为当地最出众的“锯子”[①]之一，这一地区曾为苏格兰高地兵团提供了那么多的美男子。

西蒙来自一个古老的矿工世家，其家谱可上溯至苏格兰的含碳矿脉刚被开采时。

我们不从考古学上研究希腊人和罗马人使用煤，中国人利用煤矿是否远远早于基督纪元，不去讨论这种可燃矿石的名称是否真的来自生活在 12 世纪比利时的那个马蹄铁匠乌由，可以肯定的是，大不列颠的煤田是第一位的，其开采也是有规律的。11 世纪时，征服者吉尤姆就在他的战友之中分得了纽卡斯尔煤田的产品。13 世纪，亨利三世曾颁发过一张开采“海煤”的许可证。最后，在该世纪快结束时，他提到了苏格兰和威尔士地区的煤床。

西蒙的祖先就是将近这个时期进入了喀里多尼亚的地下，祖祖辈辈一直待在那里。他们只是一般的工人。他们如苦役犯般干活，采掘珍贵的燃料。人们甚至以为煤矿工人如同那个时代的制

---

① 锯子是苏格兰人的绰号，如约翰牛是英格兰人的绰号，稻俗是爱尔兰人的绰号。

盐工人一样，在当时是名符其实的奴隶。确实，这一观念在18世纪的苏格兰是那样的牢固，以致在觊觎王位的战争中曾担心过纽卡斯尔的两万名矿工会不会起义争取自由——因为他们认为没有自由。

不管怎样，西蒙为属于苏格兰煤矿工人这一大家庭感到自豪。他用他的双手在他的祖先们挥舞十字镐、铁撬棒、掏槽镐和鹤嘴镐的同一个地方干活。三十岁时，他已是阿柏福伊尔的煤矿中最重要的多查特煤仓的工头。他对他的职业充满感情。在漫长的岁月中他勤奋地履行着他的职责。他唯一的痛苦就是眼看着煤层变得贫瘠并预感到矿脉被采尽的那一刻已经不远了。

也就在那时，他一头扎进阿柏福伊尔的一个个煤仓里寻找新的矿脉，这些矿脉在地底下是连通的。在开采的最后阶段他曾幸运地找到过几处矿脉。他的矿工直觉给了他很大帮助，工程师詹姆斯对他很器重。甚至可以说，他在煤矿深处勘探矿脉，就像一个地下水勘探者勘探地面下的水源一样。

但人们所说的煤矿里不再有任何可燃物质的那一刻到了。探测再也没带来任何成果。含碳矿脉显然已被采尽。开采停止。矿工们退了出来。

毫无疑问，西蒙受的打击最大。他是矿工的杰出典型，他的生活已和矿里的生活不可分隔地联系在一起。自他出生起，他一直住在那儿，工程放弃后他还是想住在那儿。他因此留了下来。他的儿子哈利担负起地下居所的给养，至于他，十年来不曾上过地面十次。

“去那上面？有什么好处？”他一再地说，他不离开他黑暗的领地。

何况，在这极有益于健康的地方，老工头在永远适中的温度下过惯了，既不知夏日的炎热，也不知冬天的寒冷。他的家人身体都很好。他还祈求什么呢？

在井下，他确是很伤感。他惋惜被那么勤劳地开采的煤仓中的那种勃勃生气，那种活动，昔日的那种生活。然而，他被一个信念支撑着。

“不！不！煤矿未被采尽！”他一再地说。

对老阿柏福伊尔能否有朝一日在死矿中复活的怀疑使西蒙感到痛苦。因此，他决不放弃发现某个新矿层并使矿重现昔日辉煌的希望。是的，如果有必要，他早就乐意地重新拿起矿工的镐，他的依旧结实的老胳臂早就有力地向岩石发起攻击了。他因此穿越着那些黑暗的平巷，有时一个人，有时和他儿子一起观察着，寻找着，以至每天回到村舍时筋疲力尽，但决不绝望。

麦德琪是西蒙的可敬的伴侣，她身材高大、健壮，用苏格兰人的话来说，是一个“好妻子”“好老婆”。麦德琪跟她丈夫一样，不愿离开多查特煤仓。她在这一点上分享着他所有的希望和遗憾。她鼓励他，推他向前，她带着某种庄严和他说话，使老工头的心重新热起来。

“阿柏福伊尔只是睡着了，西蒙，”她对他说，“还是你说得对，这只不过是个休息，这不是死亡！”

而且麦德琪善于放弃外部世界并善于将这一家三口的幸福集

中在这昏暗的村舍里。

詹姆斯来到的就是那儿。

西蒙早就盼着工程师了。他站在家门口，在稍远处，哈利的灯向他宣告他的老“观众”到了，他向詹姆斯迎过去。

“欢迎，詹姆斯先生！”他喊着，声音在片岩的拱顶底下回荡，“欢迎您来到老工头的村舍！虽说是藏在一千五百英尺的地下，福特一家的好客不会由此减弱！”

“您好吗，善良的西蒙！”詹姆斯问，一面握着主人伸给他的手。

“好极了，史塔尔先生。在这儿能躲开各种坏天气，还有什么可说的？您府上的女士们夏天去新港或博托贝罗[①]休息，还不如在阿柏福伊尔的煤矿过几个月！她们决不会得上什么重感冒，像在旧首府那些潮湿的大街上那样。”

“我不会驳斥您，西蒙，”詹姆斯答道，很高兴发现工头还是以前那个样，“真的，我在想，为什么我不把我在坎农门的住房换成您家附近的某个村舍！”

“愿为您效劳，史塔尔先生。我知道，在您以前的矿工中，有一个人将尤其高兴和您只隔开一道分界墙。”

“麦德琪怎么样？”工程师问。

“老太婆身体比我还好，如果可能的话，”西蒙答道，“她将很高兴看到您出现在她的餐桌上。我想，为了款待您，她会超水

① 爱丁堡周围的海水疗养地。

平发挥。”

“我等着瞧呢，西蒙，我等着瞧呢！”工程师说，在长途跋涉后，宣布有一顿美味的午餐不可能使他无动于衷。

“您饿了吧，史塔尔先生？”

“确实饿了。旅行打开了我的食欲。我是在大风大雨中来的！”

“啊！上面在下雨！”西蒙答道，带着一种非常明显的怜悯神情。

“是的，西蒙，沃斯河的水今天汹涌得像海里的水！”

“那么，詹姆斯先生，在这儿，永远不会下雨。但我不需要向您描绘那些您我都一样清楚的好处！您现在到了村舍，这是主要的，我再对您说一遍，欢迎您！”

西蒙、哈利跟在詹姆斯后面，把他请进住所，他来到了一间点着好几盏灯的宽敞的厅堂中央，有一盏灯吊在天花板的上了颜色的小梁上。

餐桌上铺了一块色彩鲜艳亮丽的桌布，恭候着客人到来，四把填着旧皮的椅子已经放在那里了。

“您好，麦德琪。”工程师说。

“您好，詹姆斯先生。”善良的苏格兰女人答道，站起身来迎接客人。

“很愉快又看见了您，麦德琪。”

“您说得对，詹姆斯先生，因为重新见到一贯善意待人的人是件愉快的事。”

“汤好了，老婆，”西蒙这时说，“不应该让汤，还有詹姆斯先生等着，他饿得像个矿工，他将看到我们的孩子使得我们在村舍什么都不缺！——对了，哈利，”老工头转向儿子加了句，“杰克·雷恩来看过你。”

“我知道，父亲！我们在耶鲁矿井遇见他了。”

“这是个善良又快活的伙伴，”西蒙说，“但他似乎喜欢上面！这是由于血管里没有真正的矿工血液——请就席，詹姆斯先生，让我们丰盛地吃一顿，因为晚饭可能很晚。”

工程师和这家的主人准备就席。

“等一等，西蒙，”詹姆斯说，“您愿不愿意我吃得津津有味？”

“没有比这更使我们感到荣幸的了，詹姆斯先生。”西蒙回答。

“那么，为了做到这一点，就不该有任何牵挂——而我，有两个问题要问您。”

“请讲，詹姆斯先生。”

“您在信上对我提过一个可能使我本能地感兴趣的情报？”

“确实，它非常令人感兴趣。”

“对您来说？”

“对您也对我，詹姆斯先生，不过我希望吃了饭后在现场再向您报告，不在现场您不一定相信我。”

“西蒙，”工程师接着说，“请看着我……这儿……看着我的眼睛。一个有趣的情报？对……行了！……我不问您更多的了。”他加了一句，仿佛他从老工头的目光中读到了他所希望的回答。

“那第二个问题呢？”后者问他。

“您知不知道，西蒙，可能给我写这封信的人是谁？”工程师边答边出示他收到的那封匿名信。

西蒙拿过信，非常仔细地读着。

然后，他把信给儿子看。

“你认不认得这个笔迹？”他问。

“不认得，父亲。”哈利回答。

“这封信是在阿柏福伊尔的邮局盖戳的吗？”西蒙问工程师。

“是的，跟您那封一样。”詹姆斯回答。

“你怎么看这件事，哈利？”西蒙说，额头一度蒙上了阴影。

“我想，父亲，”哈利答道，“有人出于不论哪一种利益，想阻止詹姆斯先生前来赴您的约。”

“但会是谁呢？”老矿工叫道，“谁可能这么深地闯进我思想中的秘密呢？”

西蒙沉思着，陷入了某种默想，麦德琪的声音很快把他从默想中拉了出来。

“我们坐下吧，史塔尔先生，”她说，“汤要凉了。这会儿，别再去想那封信！”

在老太太的邀请下，各人坐上了自己的位子——詹姆斯为了表示敬意，面对麦德琪坐，父亲则和儿子相对而坐。

这是一顿美味的苏格兰饭食。一开始，吃一种“杂烩”，汤中的肉浸在一种沸滚的水泡中，据老西蒙说，他的老伴做杂烩的手艺还找不到对手。

此外，“韭葱鸡”也是这样，那是一种荤杂烩，用韭葱烹调，无可挑剔。

所有的菜都浇上了上好的淡色啤酒，这酒出自爱丁堡工厂的最好的啤酒酿造槽。

但主菜是一道“哈其司[①]”，一种民族布丁，用肉和大麦粉做成。这道曾启发诗人彭斯写了他最好的小颂歌之一的著名菜肴有幸被作为这世上的美好事物保存了下来：它吃起来就像梦一般。

麦德琪得到了客人真诚的恭维。

午餐以一道奶酪和“蛋糕”组成的餐后点心结束，那是一种做得很精致的燕麦蛋糕，加上几小杯“红花香威士忌酒”，一种已有二十五年历史的用谷物酿制的上好烧酒——那正好是哈利的岁数。

这顿饭吃了足足一小时。詹姆斯和西蒙不仅吃得津津有味，也谈得津津有味——主要谈阿柏福伊尔的老煤矿的过去。

哈利更多的是保持沉默。有两次，他离开餐桌甚至离开了家。自从发生石头事件后，他显然感到某种不安，他想侦察一下村舍的周围。那封匿名信同样使他不安。

有一度他出去时，工程师对西蒙和麦德琪说：

“你们有一个正直的孩子，我的朋友！”

“是的，詹姆斯先生，一个善良忠诚的人。”老工头激动地回答。

“他和你们在一起快乐吗，在这村舍？”

“他不愿离开我们。”

---

① 苏格兰特有的菜肴。将羊杂切碎，加麦片，纳入羊胃中煮成的食物。

"可你们想过给他娶亲没有？"

"给哈利娶亲！"西蒙叫了起来，"娶谁？娶一个上头的姑娘，喜欢节日、跳舞，喜欢她的氏族胜过我们的煤矿！哈利不会要的！"

"西蒙，"麦德琪答道，"可你不能要求我们的哈利永远不娶媳妇……"

"我什么也不要求，"老矿工答道，"但这不着急！谁知道我们是否根本没法为他找到……"

哈利这时回来了，西蒙住了口。

当麦德琪离开餐桌时，大家也跟着离开餐桌，来到村舍门口坐了一会儿。

"好吧，西蒙，"工程师说，"我听你说。"

"詹姆斯先生，"西蒙答道，"我不需要您的耳朵，但需要您的腿——您休息好了吗？"

"休息好了，恢复得很好，西蒙。我已经做好准备，您愿去哪儿，我就陪您去哪儿。"

"哈利，"西蒙说，转过身来对着儿子，"点亮我们的安全灯。"

"您带安全灯！"詹姆斯叫起来，有点惊讶，因为在一个绝对挖空了煤的煤仓里，没有必要再担心瓦斯爆炸。

"是的，詹姆斯先生，出于谨慎。"

"我正直的西蒙，您是否还要建议我再次穿上一套矿工制服？"

"还没到时候，詹姆斯先生，还没到时候！"老工头回答着，一双眼睛在深凹的眼眶里古怪地亮了起来。

哈利回进村舍，几乎立刻又出来了，带来了三盏安全灯。

哈利给了工程师一个，给了父亲另一个，他自己留下了第三个，挂在左手上，他的右手则拿了一根长棍用来防御。

“上路吧！”西蒙说，拿起放在村舍门口的一把结实的镐。

“上路！”工程师应道，“再见，麦德琪！”

“上帝保佑你们！”苏格兰女人回答。

“准备一顿好的晚餐，老婆，听见了吧，”西蒙叫着，“我们回来时肚子会好饿的，我们将向晚餐致敬！”

第六章

几件难以解释的怪事

众所周知，在苏格兰的高地和低地，人们是多么的迷信。地主的佃户为守夜聚在一起时，喜欢翻来覆去地讲述从极北的神话宝库里听来的那些无稽之谈。尽管教育已遍及这个地区，还是无法将这些似乎跟古老的喀里多尼亚[①]大地紧密相连的传说斥为谎言邪说。这依旧是个神灵和鬼魂的地区，妖精和仙女的地区。在那儿，出没着只有花钱才能将它们送走的恶鬼，通过第二视觉预言生死的高地人中的“先知”，以臂上多毛的少女形象显现，向受其威胁的家庭预告灾难的“五月魔拉吉”，宣告丧事的仙女“勃兰西”，将家里的动产托付他们保存的“勃劳尼”，偏爱光顾卡特林湖荒无人烟的狭谷的“乌瑞斯克”——还有那么多的别的。

---

① 苏格兰之古称。

不言而喻，苏格兰煤矿的居民们将他们的那份传说和奇闻塞进了这一神话宝库中。如果住在高地的山上的是些好幻想的人，不管怎样，阴暗的煤矿直至它们的最深远处总该是闹鬼的地方。在狂风暴雨之夜，是谁使矿床抖动，是谁指点了尚未开采的矿脉，是谁点燃了瓦斯并主宰着爆炸，除了某个矿精又会是谁？至少，在苏格兰那些迷信者中，这是广泛流传的通常看法。确实，当涉及的只是纯自然现象时，大部分矿工自觉地相信这是神怪作祟，要使他们醒悟是浪费时间。迷信在什么地方能比在这些深渊的底部更自如地发展呢？

而阿柏福伊尔的煤矿，正因为是在这个充满传说的地区被开采，自然就更适合于一切超自然的事件。

因此，这里的传说极为丰富。还必须指出，某些直到那时都无法解释的想象只可能为公众的迷信提供新的精神食粮。

在多查特煤仓的迷信者中，哈利·福特的朋友杰克·瑞恩是最激进的一个。他是一切超自然现象的最狂热的信奉者。他把所有那些鬼故事改成了歌曲，在冬天守夜时，这些歌使他大受欢迎。

但杰克·瑞恩不是表现出迷信的唯一的人。他的伙伴们同样大声地断定，阿柏福伊尔的煤仓里经常闹鬼，某些逮不住的生灵，就像在高地一样，经常在那儿出现。按他们的说法，甚至以前那些不可思议的事，并不是不可思议。确实，还有什么地方能比一个煤矿的阴暗深处更适合让守护神、小妖精、农神和鬼怪剧中的别的演员们嬉戏呢？布景已经搭起，那些超自然的人物为什么不来这儿扮演他们的角色呢？

杰克·瑞恩和他在阿柏福伊尔煤矿的伙伴们就是这样推论的。众所周知，不同的煤仓，由周密地安排在矿脉之间的长长的地下平巷相互连通。斯特林郡的地下就有这样一个开了沟，挖了地窖，打了井的庞大的群体，一种地下的建筑，一座地下的迷宫，看上去像个蚁窝。

不同的井下的矿工们因此经常相遇，有时是前往开采途中，有时是从那儿回来。所以，交换话题以及从一个煤仓向另一个煤仓传播有关煤矿的故事极为寻常。那些叙述在口口相传、添油加醋下很快就改变了面目。

但是，有两个人，受的教育比别人多，个性也较他人稳定，总能顶得住这种冲动。他们绝不容许小妖精、守护神或仙女的介入。

那就是西蒙和他的儿子，在多查特煤仓被放弃后，他们继续住在阴暗的地下城内以表明他们的态度。麦德琪可能和所有住在高地的苏格兰女人一样，有点倾向于超自然现象。但这些显灵的故事她是只会对她自己讲的——再说，她之所以这样是为了绝不丢失古老的传统。

即使西蒙和哈利·福特跟他们的伙伴们同样迷信，他们也不会把煤矿让给守护神或仙女。对发现新矿脉抱着的希望，使他们无视虚构的那群小妖精。他们并不轻信，他们的信仰只基于一点：他们不能姑且认为阿柏福伊尔的含碳矿脉已全部被采尽。西蒙和他儿子的这种“诚朴人的朴实信仰”可以说有几分正确，这种对上帝的信仰是任何事物所无法动摇的。

这就是为什么十年来父子俩一天不漏地，固执又信心坚定地拿着他们的镐，他们的棍，他们的灯。就这样，他们俩寻找、摸索，在岩石上迅猛地一击，听着是否响起一个令人喜欢的声音。

只要还未测到古生代地面的花岗岩，西蒙和哈利·福特便意见一致地认为，今天找不到了，明天可能会找到，明天必须再来探测。他们度过的整个时光，便是力图使阿柏福伊尔的煤矿重现昔日的繁荣。如果在成功之前父亲可能死去，儿子将一个人继续完成任务。

与此同时，这两个激情满怀的煤矿卫士，从保住煤矿这一角度对煤矿进行检查。他们加固了垫石和拱顶。他们仔细寻找是否有令人担心的塌方，是否存在会突然堵死煤仓某些部分的危险。他们检查是否有高处的水渗透的痕迹，并将这些水分流，为之开通渠道让水流入排污水渗井。总之，他们乐意自命为这个不出产品的领域的保护者和看守者，从那儿，曾挖出过那么多的财富，现在却都化为烟了。

在这些远足中，有几次，尤其是哈利，遇到了几件他无法解释的怪事。

这样的情况有过好几次，当他顺着某条逆向平巷走时，他似乎听到了一些声音，就像在用镐猛击垫高的岩壁。

对哈利来说，超自然现象也好，自然现象也好，都不能使他害怕，他加快脚步，想突然发现这神秘的劳动的由来。

地道内空无一人。年轻的矿工的灯光在岩壁上移动着，未照出铁撬棒或十字镐的敲击留下的任何新痕迹。哈利因此心想，是不是受了一种幻听的愚弄，受了某种离奇古怪的回声的愚弄。

另有几次，在突然把明亮的灯光射向一个可疑的弯道时，他觉得看见一个影子跑了过去。他冲了上去……什么也没有，当时甚至没有任何出路可以让一个人摆脱他的追赶。

一个月来，有那么两次，哈利在检查煤仓西部时，清晰地听到了远远的爆炸声，就好像有什么矿工在引爆烈性硝干炸药筒。

最近的那次，在经过细微寻找后，他找到了一根刚被炸裂的坑木。

借着灯光，哈利仔细地检查被炸的岩壁。这岩壁根本不是一个简单的石头充填物，而是整个一块插入矿床深处的页岩。爆炸的目的是想发现一处新矿脉？是有人想在煤矿的这一部分造成塌方？哈利心里这么想，而当他把这告诉父亲时，无论老工头还是他，都无法满意地解答这个问题。

“这真古怪。”哈利反复想着。一个陌生人出现在矿里，这似乎不可能，可对此又无法怀疑！另一个人和我们一样，因此想寻找是否有可开采的矿脉，或者说，他不会试图毁掉阿柏福伊尔的煤矿的残留部分吧？可出于什么目的呢？“我会弄清楚的，即使为此得付出生命！”

在哈利·福特带领工程师穿越多查特煤仓的迷宫前两个星期，他以为自己马上要找到他所搜寻的目标了。

他跑遍了煤矿西南部的最偏远处，手里拿了一盏很亮的提灯。

突然，他似乎感到一道光亮刚熄灭，就在他眼前几百尺远的地方，在一条歪斜地从高地中穿过的狭窄的溜槽的尽头。他向可疑的光亮奔去……

寻找毫无结果。因为哈利不愿对自然的事物做超自然的解释，他因此得出结论，肯定有一个陌生人在煤仓里游荡。但是，不管他怎么做，极其仔细地搜寻、探索平巷内最小的凹处，仍是白费精力，不能得出任何结论。

哈利因此毫无目标地重新搜寻，想为自己揭开这个谜。越走越远，他又看见了光亮，从一边飞到另一边，就像圣艾尔摩之火那样。但这光亮一闪即逝，他只得放弃寻究个中原因。

如果是杰克·瑞恩和矿上别的迷信者见到这令人惊异的闪光，肯定不会忘了大声叫嚷超自然现象！

但哈利甚至想都未往这上头想。老西蒙也一样。当两人谈到这些显然是由于某个纯自然原因引起的怪事时，老工头答道：

“孩子，等着吧，总有一天这一切会得到解释的！”

然而，必须注意的是，直到那时，无论哈利还是他父亲都从未被某个暴力行为当作目标。

如果当天掉在詹姆斯脚下的石头是被一个作恶者的手扔下来的，那这就是这类罪恶的第一幕。

詹姆斯被问及时，认为这块石头是从平巷的拱顶上脱落下来的。但哈利不同意如此简单的一个解释。据他推测，石头并非落下而是被扔下的。如果它不曾被一种外来的推动力所驱使，除非弹跳起来，它绝不可能划出一道轨迹。

哈利因而看到了一种直接针对他和他父亲甚至针对工程师的图谋。总而言之，有充分的理由可以相信这一点。

第七章

西蒙的一次经历

房间里的旧木钟敲响正午十二点时，詹姆斯和他的两个伙伴离开了村舍。

从通风井透进来的光线，模糊地照着林中空地。哈利手里的灯那时还用不上，但很快就会派上用场，因为老工头将带工程师去的是多查特煤仓的最边缘处。

顺着主平巷走了两里路后，三位探险家——大家将看到这将涉及一次勘探——来到一条狭窄的地道口。它有点像个教堂的侧殿，它那被一层发白的苔藓盖着的拱顶撑在一根坑道支架上。它几乎是顺着在它上方一千五百英尺高处的福斯河上游的河道延伸的。

詹姆斯对多查特煤仓的迷宫已不如以前那么熟悉，西蒙将总的平面图的布局和地面的地理线做着比较以唤起他的回忆。

故而詹姆斯和西蒙边走边聊着天。

哈利在前面照路。他突然将强烈的光线照到阴暗的凹处，想发现什么可疑的阴影。

“我们要这样走好远吗，老西蒙？”工程师问。

“还有半里路，詹姆斯先生！以前，我们是坐矿车走这条路，在用牵引机拉的有轨电车上！可那些日子已经遥遥远去了！”

“那我们是去最后一处矿脉的最边缘处？”詹姆斯问。

“是的！我看您对矿还相当熟悉。”

“嘿！西蒙，”工程师答道，“如果我没有记错，再朝前，路就难走了？”

“正是这样，詹姆斯先生。就在那儿，我们的掏槽镐挖下了矿床的最后一块煤！我想起这情景就像又回到了那时！是我，挖了这最后一镐，那一镐的声音，在我心里比在岩石上更要强烈！那时，我们周围就只剩下砂岩或板岩了，当翻斗车向采掘井驶去时，我望着它，百感交集，就像望着一支穷人的送殡行列！我觉得，被它带走的，是这矿的灵魂！”

老工头说这些话时的那种严肃，强烈地感动了工程师，他几乎也体验到了这种感受。这是海员放弃失事后无法操纵的船时的感受，这是地主看见祖先的房子倒塌时的感受！

詹姆斯先已握过了西蒙的手。但后者又上前抓住工程师的手，紧紧地握住它。

“那天，我们都受了骗，”他说，“不！老煤矿没有死！矿工们那时放弃的不是一具尸首，我敢肯定，詹姆斯先生，它的心脏还在跳动！”

“说下去，西蒙！您找到了一个新的矿脉？”工程师叫道，“您的信不可能是指别的事！有一份情报给我，而这是指多查特煤仓！除了发现含碳矿层，别的发现能使我感兴趣吗？”

“詹姆斯先生，”西蒙答道，“我不愿通知您别的，除了您……”

“您干得好，西蒙！但告诉我您是怎样、通过什么探测确证的？”

“听我说，詹姆斯先生，”西蒙答道，“我发现的不是一个矿脉……”

“那是什么？”

“那只是这个矿脉存在的物质证明。”

“那这个证明？”

“您能否接受这样的事，瓦斯从地下深处漏出来，却没有煤在那儿制造它？”

“不能，决不能，”工程师答道，“没有煤，就没有瓦斯！没有毫无来由的结果……”

“就像没有无火的烟！”

“您再一次查实了轻质碳化氢的存在？”

“一个老矿工在这上头是不会被愚弄的，”西蒙答道，“我在那儿认出了我们的宿敌，瓦斯！”

“可要是这是另一种气体！”詹姆斯说，“瓦斯几乎没有气味，它是没有颜色的！只有爆炸才能真的暴露它的存在！……”

“詹姆斯先生，”西蒙答道，“您能否允许我向您叙述我做了什么……以及我怎么做的……以我的叙述方式，并原谅我的啰唆？”

詹姆斯了解老工头，知道最好的办法是由他去说。

“詹姆斯先生？”西蒙接着说，“十年来，从没有一天哈利和我不想着使煤矿恢复以往的繁荣——是的，没有一天！如果还存在着什么矿层，我们定要发现它。用什么方法？钻探？这对我们来说不可能，但我们有矿工的本能，人经常是通过本能而不是通过理性更直接地达到目标——至少，我这么认为……”

“我对这没有异议。”工程师回答。

“然而，哈利在他长途跋涉去煤矿西部时，有一两次观察到这样的现象。一些火，几次穿过矿层尽头的板岩或填方出现，又突然熄灭。那些火怎么会燃烧的？我那时没法，现在也没法说清。但不管怎样，这些火显然是因为有瓦斯存在才会出现，而对我来说，瓦斯，这就是煤的矿脉。”

“这些火没引起任何爆炸？”工程师急切地问。

“是的，一些小的局部爆炸，”西蒙回答，“我曾经亲自诱发这样的爆炸，当我想验证这种瓦斯的存在时。您是否记得，在我们善良的天才亨弗利·大卫发明他的安全灯之前，过去是靠什么办法预防矿里的爆炸的？”

“记得，”詹姆斯答道，“您是想说‘苦修修士’？但我从来没有见过他行使职责。”

“确实，詹姆斯先生，尽管您五十五岁了，要见到这还太年轻。可我，我比您大十岁，我见过煤矿的最后一名苦修修士行使职责。之所以这么称呼他，是因为他穿着一件宽大的道袍。他的真名是‘消防队员’，救火的人。在那个年代，人们没有别的办法消灭危险的气体，只能在它们因为轻而在平巷顶部聚到很多之前将它们分解成小的爆炸。这就是为什么苦修修士脸上戴着面具，头上戴着厚厚的仅有两孔露出眼睛的风帽，全身紧缩在棕色粗呢道袍内，在地上匍匐而行。他在矿层低处呼吸，那儿的空气清洁，他用右手移动着一个高举过他的头的火把。当瓦斯散布于空气中形成了一种爆鸣混合气体时，爆炸就在没有伤亡的情况下发生了，通过经常重复这种操作，就可预防灾难。有时候，苦修修士在操劳中因瓦斯爆炸而死。另一个就接替上去。就这样直到所有的煤矿都采用了大卫灯。但我了解这种方法，我就是用这种方法确认了瓦斯的存在，因而，多查特煤仓有新的含碳矿层存在。”

老工头讲的关于苦修修士的一切都绝对确切。以前的煤矿里，为了清洁平巷里的空气就是这么做的。

瓦斯，另一种叫法是原生碳化氢或沼气，没有颜色，几乎没有气味，照明能力不强，绝对不宜吸进人体。矿工不能生活在一个充满这种有害气体的中央——和人不能生活在一个充满照明煤气的煤气储气罐中央一样。此外，正如后者来自乙烯，一旦空气进入里面达到百分之八甚至仅仅达到百分之五时，瓦斯就形成了一种爆鸣混合气体。随便什么原因都能引起这种混合气体燃烧，发生爆炸后，几乎总是跟着可怕的火灾。

大卫的器械就是为了避开这种危险，它将灯的火焰隔离在一个金属纱网管内，在管内燃烧煤气，绝不让燃烧蔓延到外面。这种安全灯曾用二十种方式改进。如果灯打碎了，灯就熄灭了。如果矿工不顾正式的禁令想打开它，灯也会熄灭。为什么会发生爆炸？这是因为没有任何东西可以防止一个工人仍然不谨慎地点燃他的烟斗，或者防止因工具的碰撞引发的火花。

并非所有的煤矿都受到瓦斯的污染。在未产生瓦斯的煤矿里，准许使用普通的灯。其中，昂赞矿的梯耶斯煤仓就是这种情况。但是，当被采掘的矿床的煤是肥煤时，它会有一定数量的挥发性物质，瓦斯可能大量外逸。只有安全灯既能防止更可怕的爆炸，又可防止未受到瓦斯直接袭击的矿工们因置身于充满燃烧后形成的有毒气体，即充满二氧化碳的平巷里，而面临瞬间窒息的危险。

一路上，西蒙告诉工程师，为了达到他的目的他是怎样做的，他如何证实了在煤仓西部，平巷的尽头有瓦斯泄漏，他用什么方法在片岩的薄层纹的露头上引爆了几次局部爆炸，或说得更确切些，引发了某些燃烧，这使得煤气的性质已确证无疑，虽然煤气逸出量不大，但却长泄不断。

离开村舍一小时后，詹姆斯和他的两个伙伴已经走了四里路。工程师由于满怀渴望和希望，走完了这段行程一点也不觉得长。他思考着老矿工对他说的一切。他默默地想着后者为了证实他的论断向他摆出的种种论据。他和老矿工一样相信，这种原生碳化氢的持续释出绝对表明存在着一个新的含碳矿层。如果这只是充满着煤气的某种矿囊，就像他有几次在薄层纹之间见到的那样，那矿囊很快就会变空，燃烧现象就不会再发生。但根本不是这样。据西蒙所说，氢气不断地溢出，可以由此断定有某个重要的矿脉存在。依此，多查特煤仓的财富尚未全部耗尽。不过，这涉及的是某一个产量不太可观的矿层，还是一个拥有一大层煤田的矿床？这可是一个实实在在的大问题。

走在父亲和工程师前面的哈利停住了脚步。

“我们到了！”老矿工喊道，“感谢上帝，詹姆斯先生，您终于到了这儿，我们将知道……”

老工头的嗓音如此的坚定，略带着颤抖。

“我的正直的西蒙，”工程师对他说，“镇定些！我和您一样激动，但不该浪费时间！”

在这块地方，煤仓的平巷末端通过扩大洞口形成了一个黑暗的洞穴。没有一口矿井曾开凿到群岩的这一部分，而在地下深处深辟出的这条平巷和斯特林郡的地面没有直接的交通线。

极感兴趣的詹姆斯神色凝重地检查着他所在的这块地方。

在这洞穴末端的岩壁上还能见到镐的最后的开挖印迹，甚至还有开采快结束时用于炸开岩石的几个放爆破筒的洞。这种板岩的物质极其坚硬，不需要充垫那些凹陷的地皮，工程当时就是在凹陷的底部不得不停止的。确实，含碳矿脉是在那儿，在板岩和砂岩之间被采尽的。在这儿，就在这个地方，采掘了多查特煤仓的最后一块燃料。

“就在这儿，詹姆斯先生，”西蒙举起手中的镐说，“我们将在这儿向矿脉断裂缝[①] 发起进攻，因为在这块岩壁后的一定深处，

---

① 矿脉断裂缝是岩群中矿脉不足的部分，一般由板岩或砂岩组成。

肯定有我断言的新的矿脉。”

“是不是在这些岩石的表面，”詹姆斯问，“您验证了瓦斯的存在？”

“就是那儿，詹姆斯先生，”西蒙回答，“我只是把灯靠近薄层纹的露头，就把它点燃了。哈利也照我这么做了。”

“在什么高度？”詹姆斯问。

“离地面十英尺。”哈利回答。

詹姆斯坐到一块岩石上，在嗅了嗅洞穴里的空气后，他望着两个矿工，就好像他突然怀疑他们的话了，他们竟然说得那么肯定。

这是因为原生碳化氢事实上并非绝无气味，首先使工程师惊讶的是，他的鼻子很灵，却未嗅到有爆炸性气体的存在。不管怎样，如果这种气体混合在周围的空气中，那只是少量的。因此，没有必要担心爆炸，可以毫无危险地打开安全灯，照老矿工曾经做的那样进行尝试。

詹姆斯这时担心的，并不是空气中杂有太多的煤气，而是怕煤气不够——甚至没有。

“他们会弄错吗？”他悄声说，“不！他们是懂行的人！可是……”

他因此不无某种焦虑地等待着西蒙指出的奇异现象在他面前出现。但就在这时，他刚才观察到的，即并不存在瓦斯的特殊气味这事，似乎也被哈利注意到了，因为他声调都变了，说：

“父亲，好像煤气不再从板岩的薄层纹中漏出来了！”

“不再漏了！”老矿工叫起来。

西蒙狠狠咬了咬嘴唇，用鼻子深呼吸了几次。

然后，突地，他做了个粗暴的动作。

“把你的灯给我，哈利！”他说。

西蒙焦躁激动地用一只手拿着灯。他拆开围住灯芯的金属纱网罩，火焰在流通的空气中燃烧着。

如同他们预计的那样，没有发生任何爆炸，但更为严重的是，甚至没有显示瓦斯微量存在的轻微的爆裂声。

西蒙拿来哈利手里的棍子，把灯缚在棍子顶端，他将灯举起到空气的上层，在那儿，根据煤气轻盈的特性，在如此少量的情况下，应该更为集中。

灯的火焰，垂直并呈白色，未显示任何原生碳化氢的痕迹。

“放到岩壁上！”工程师说。

“是！”西蒙回答，将灯放到岩壁的那一部分上，隔天他和儿子曾验证过有煤气从那儿渗漏出来。

老矿工的胳臂发着抖，仍竭力将灯在板岩的薄层纹的裂缝处移来移去。

“来替换我，哈利。”他说。

哈利拿着棍子，连续地将灯放在薄层纹似乎裂成了两半的岩壁的不同的洞上……但他摇摇头，因为泄漏的瓦斯独有的那种轻微的噼啪声没有传到他的耳朵里。

没有燃烧。因此显然没有任何煤气分子穿过岩壁渗漏出来。

“什么也没有！”西蒙嚷着，握紧了拳头，给人的印象，与其说是愤怒不如说是沮丧。

这时哈利嘴里发出一声呼喊。

“你怎么啦？”詹姆斯急急问。

“有人堵住了板岩的裂缝！”

“你说的是真的？”老矿工叫道。

“您看，父亲！”

哈利并没弄错。灯光下可以清楚地看到裂缝被堵住了。一种新近堵上去的用石灰做的封泥在岩壁上留下了一条被一层煤灰拙劣地掩盖住的长长的白色痕迹。

“是他！”哈利叫道，“只可能是他！”

“他？”詹姆斯重说一遍。

“是的！”年轻人回答，“这个神秘的人常来我们这儿，就是他，我多次监视着他却未能追上他，史塔尔先生，某个时候以来，他就是想阻挠您来赴我父亲约的那封信的作者，最后，是他，在耶鲁矿井的平巷里向我们扔了那块石头！啊！不必再有任何怀疑了！这一切都来自某个人的手！”

哈利说得那么有力，顿时使工程师深信不疑。至于老工头，已不再需要说服。何况，他们面对的是一件无可辩驳的事实：裂缝被堵，而隔天，煤气还从这些裂缝中没有阻碍地向外溢出。

“拿起你的镐，哈利，”西蒙叫道，“站到我肩膀上来，孩子！我的身体还结实得足以承得起你！”

哈利领会了。他父亲靠在岩壁上。哈利在他肩上站起来，使他的镐能够着封泥的显而易见的印迹。然后，他开始用镐猛击被封泥堵住的那部分板岩。

立刻，响起了轻轻的噼啪声，就像香槟酒从瓶里溢出时发出的噼啪声——在英国的煤矿里，这种声音以象声词“puff”而著称。

这时，哈利抓住他的灯，将它靠近裂缝……

发出了一声轻微的爆炸，一团小小的红色火焰，边缘有一点蓝色，在岩壁上飞来飞去，就像圣艾尔摩发出的一团鬼火。

哈利立刻跳到地上，而老工头则止不住满心快乐，抓住工程师的手叫道：

“乌拉！乌拉！乌拉！詹姆斯先生！瓦斯燃烧了！因此，矿脉就在那儿！”

第八章
一次炸药爆炸

老工头预告的试验成功了。众所周知，碳化氢只可能在煤矿矿层里产生。因此，毫无疑义地存在着一条含有宝贵燃料的矿脉。其重要性和质量究竟如何，日后会有定论的。

这就是工程师从他刚才观察到的现象中推断出的结论。这些结论和西蒙早已经得出的结论完全一致。

“是的，”詹姆斯想，“在这个岩壁后延伸着一片我们的探测未能抵达的含碳矿层！这叫人恼火，因为矿上所有的工具都已废弃了十年，现在得重做了！我们找到了人们原以为已经尽竭了的矿脉，这一回，我们要将它开采到底！”

“那么，詹姆斯先生，”西蒙问，“您对我们的发现有何感想？我对您的打搅，错了吗？您对这最后一次访问多查特煤仓感到遗憾吗？”

“不，不，我的老伙伴！”詹姆斯答道，“我们不曾浪费我们的时间，但我们现在会浪费，如果我们不立即回到村舍。明天我们再回这儿来。我们将用炸药炸开这个岩壁。我们要让新的矿脉的露头显露出来，然后，在做了一系列探测后，如果矿层看起来有它的重要性，我将重建一个新的阿柏福伊尔公司，最大限度地使老股东们满意！在三个月之内，第一批铲斗必须从新的矿层采出煤来！”

“说得好！詹姆斯先生！”西蒙叫道，“老煤矿要就此恢复青春了，就像一个寡妇重新结婚了！随着鹤嘴镐的动作，十字镐的动作，矿的爆破，货车的行驶，马的嘶鸣，铲斗的吱嘎作响，机器的轰鸣，昔日的繁忙景象又将开始了！我，我会看到这一切的！——我希望，詹姆斯先生，您别把我看得太老而不让我重负起我的工头职责！”

“不会，勇敢的西蒙，不会，绝不会的！您仍比我年轻，我的老伙计！”

“那就让芒戈果保佑我们！您仍将是我们的‘观众’！但愿新的开采能持续许多年，上帝保佑，在我死的时候还未采完，那就是我的安慰了！”

老矿工的快乐溢于言表，詹姆斯分享着他的全部欢乐，只有哈利继续沉思着。在他的记忆中又出现了围绕着新的矿层的发现连续出现的奇怪的、无法解释的情况。这些事使他不得不对未来担忧。

一小时后，詹姆斯和他的两个伙伴回到了村舍。

工程师吃晚饭时胃口极好，点着头赞同着老工头详述的所有计划，真巴不得现在就是明天，他从未像在这宁静极了的村舍中睡得这么好过。

第二天，吃了一顿营养丰富的午饭后，詹姆斯、西蒙、哈利，再加上麦德琪，又走上昨天已走过的那条路。所有的人都像真正的矿工那样走向那儿。他们带着各种工具和用来炸开最末端的岩壁的炸药筒。哈利除了拿了盏很亮的提灯外，还带了盏可以点燃十二个小时的硕大的安全灯。这样，来回的路上，包括勘探时做几次必要的休息都足以照明了——如果要做一次勘探的话。

“干活！”西蒙叫道，他和他的伙伴们已到达了平巷的尽头。

他手里拿了根沉重的撬棒，他正有力地挥舞着它。

“等一等，”这时，詹姆斯说，“让我们检查一下是不是一点没有变化，瓦斯是不是始终在从岩壁的薄层纹中漏出来。”

“您说得对，史塔尔先生，”哈利回答，“昨天被堵住的地方很可能今天又被堵住了！”

坐在一块岩石上的麦德琪正仔细地观察着洞穴和要爆破的岩壁。

经观察，情况还是他们离开时的那个样子。薄层纹上的裂缝没有发生任何改变。原生碳化氢仍在泄漏，但量很少。毫无疑问这是因为昨夜以来它找到了一条可以自由逸出的通道。不过，这种扩散太微弱了，不可能和洞内的空气一起形成一种爆炸性的混合气体。詹姆斯和他的伙伴们因此可以绝对安全地行事。何况，这儿的空气到了多查特煤仓的高层后，一点点变得纯净，而瓦斯消失于这样的环境里，已不可能造成任何爆炸。

“干活吧！”西蒙又一次说。

不一会儿，在他有力地拨弄的撬棒下，岩石很快成了飞迸的碎片。

这个矿脉断裂缝跟通常见到的含碳矿脉的露头一样，主要由介于砂岩和板岩之间的圆砾岩组成。

詹姆斯把被工具敲击下来的碎片收集起来，仔细检查，希望从中发现一些碳的迹象。

这第一步工作持续了大约一个小时。由此可知矿脉显然是在岩壁尽头相当深的地方。

詹姆斯于是开始选择可以打矿洞的位置，靠着哈利手里的钎头和大锤[①]，这工作很快就完成了。炸药筒被塞进了这些洞里。他们刚在里面放了一个涂了柏油的安全引信的长药线，就在贴近地面的地方将它点燃了，药线的尽头是一个雷管。詹姆斯和他的伙伴们躲了起来。

“啊！詹姆斯先生，”西蒙说，实在激动得无法掩饰，“从来没有，我这颗老心脏从没有跳得这么快过！我已经想向矿脉发动进攻了！”

“耐心些，西蒙，”工程师答道，“您不奢望在这岩壁后面发现一条完全打开的平巷吗？”

“原谅我，詹姆斯先生，”老工头回答，“我抱着一切可能的

---

① 矿工专用的一种锤子。

奢望！如果幸运曾使我和哈利发现了这个矿层，为什么这运气不继续到底呢？”

炸药爆炸了。一阵沉闷的轰鸣穿过地下的平巷网向四处扩散。

詹姆斯、麦德琪、哈利和西蒙立刻重新往洞穴的岩壁走去。

“詹姆斯先生！詹姆斯先生！”老工头喊叫着，“您瞧！‘门’打通了！”

西蒙的这个比喻被出现的一个洞穴证实了，无法估计这洞穴有多深。

哈利准备从洞口钻进去……

工程师极为吃惊地发现这儿有一个洞穴，拉住了年轻的矿工。

“等一下，让里面的空气变得纯净些。”他说。

“对！当心碳酸喷气①！”西蒙喊道。

在焦急不安中等了一刻钟。于是，把绑在一根棍子顶端的提灯伸进了洞穴，那灯继续燃烧着，亮度也没改变。

“去吧，哈利，”詹姆斯说，“我们跟在你后面。”

被炸药炸开的洞口足以让一个人通过。

哈利手里拿着提灯，毫不犹豫地钻了进去，消失在黑暗之中。

詹姆斯、西蒙和麦德琪一动不动地等待着。

一分钟——对他们来说长极了——过去了。哈利没有再出现，没有喊叫。詹姆斯走近口子，甚至不再看见他的灯光，这灯光本来应该照亮这黑暗的洞穴的。

① 煤矿里的有害气体的名称。

会不会哈利脚下的地面突然坍陷？年轻的矿工是否跌进了某个坑洼？他的声音再也传不到他的伙伴耳边？

老工头什么也不想听，准备也从洞口钻进去，这时，出现了一线光亮，先是暗淡的，渐渐地亮了起来，哈利的声音也响了起来：

“来吧，史塔尔先生！来吧，父亲！新的阿柏福伊尔的路已经开通了。”

第九章
新阿柏福伊尔

如果，以某种超人的力量，一些工程师得以整块地将厚达一千英尺的支撑着斯特林郡、敦巴顿郡和伦夫鲁郡的湖泊、河流、海湾和沿河土地的地壳的这一部分搬走，他们将发现，在这个巨大的盖子下有一个一望无际的洞，这洞大得在这世界上只有另一个可以和它相比——肯塔基州的著名的猛犸山洞。

这个山洞由几百个形态各异、大小不一的腔区组成。几乎可说是一个蜂箱，有着任意安排的许多层巢房，但这是个在比例尺上比例极大的巢房，而且居住的不是蜜蜂，它足以让地质时期所有的鱼类、大懒兽和翼手龙在此安家!

这是个地道的迷宫，有些比最高的大教堂的拱顶还高，另一些则像教堂的回廊，狭窄又曲折，后者顺着地平线延伸，前者则向各个方向攀登或沉降——将这些洞穴汇聚在一起并在它们之间留出畅通的交通线。

支撑这些拱顶的柱石，其曲线千姿百态，厚厚的墙，结实地坐落在平巷之间，在中生代地层的这一层中，那些殿堂本身是由砂岩和板岩组成的。但是，在这些不能利用的地层之间，伸展着被地层压得紧紧的数量可观的煤炭矿脉，就像是这奇特的煤矿的黑色血液穿过它们那错综复杂的网流淌着。这些矿床从北至南延伸四十里，甚至深陷在北运河的底下。这块煤田的重要性只能在探测之后才能做出估价，但它的价值应该超过威尔士地区的加的夫的含碳矿层和诺森伯兰郡的纽卡斯尔矿床。

还应该指出，对这个煤矿的采掘将特别容易，因为，由于中生代地层的奇特布局，由于固化这种岩群的地质时期的矿物质的一种无法解释的回缩，大自然早已增殖了新阿柏福伊尔的平巷和隧道。

是的，只有大自然能这样！我们或许可以相信，一开始，被废弃了几个世纪的某块开采地曾被发现过。但没有这回事。不会有人放弃这样一笔财富。人类的白蚁从来不曾啃过苏格兰地下的这一部分，是大自然造就了这些事物。但可以再说一遍，没有一处埃及时代的地下宫殿，没有一处罗马时代的地下墓地可以和它相比——除非是著名的猛犸山洞，它，在长达二十多里的范围内，有二百二十六条大路，十一个湖泊，七条河流，八个瀑布，三十二个深不可测的井和五十七个穹丘，其中有一些悬挂在超过四百五十英尺的高处。

这些洞穴就是这样，新阿柏福伊尔不是人类的杰作，而是造物主的杰作。

这就是这个新的领地，有着无可比拟的财富，这笔财富的发现属于老工头本人。在老煤矿的十年居住，对探索的罕有的执拗，一旦下定了决心，就靠矿工的不可思议的本能支撑着，他必须把所有这些条件集聚一身才可能获得成功，在这一点上，有多少人会失败而退。为什么在采掘的最后几年里，由詹姆斯领导的探测，正好停止在这个界限上，甚至可以说在新矿的边界上？这是出于偶然，因为在这类探导中，探测的面是巨大的。

不管怎样，在苏格兰的地下，有着一种地下的郡，要住在那里，只缺少阳光，或者，缺少人工光球的光亮。

水在那儿积贮在某些洼地里，形成了一个个巨大的池塘，甚至可说一个个比正好在它们上面的卡特林更大的湖泊。毫无疑问，这些湖里的水是不流动的，没有水流，没有激浪。它们没有某些哥特式古堡的倒影，没有桦树也没有栎树向湖泊的岸边倾侧，群山未把它们巨大的阴影拉长到湖面上，汽船不在湖面上犁出条条水沟，没有任何光亮在水面上反射，太阳不把它那明亮的光线浸润在水里，月亮永远不会从地平线上升起。但是，这些微风不能吹皱它们的镜面的深深的湖泊，在人工光球的光照下，并非一无魅力，它们被一条运河的索带连在一起，美妙地补全了这一奇特领域的地理著作。

尽管它不适宜种植各种蔬菜，但这片地下可供一大群人居住。而且谁又知道，如果在这和纽卡斯尔、阿洛厄或加的夫的煤矿一样好的，阿柏福伊尔的这些煤矿的气温恒定的地下深处，当它们的矿床被采尽后的某一天，联合王国的贫穷阶层会不会把这当作庇护所呢？

第十章
往返途中

听到哈利的声音，詹姆斯、麦德琪和西蒙钻入了通向发现了新煤矿的多查特煤仓的洞口。

于是，他们到了一个相当大的平巷的入口。人们真会以为，这条平巷是由人工凿穿，是为了开采一个新矿床而用十字镐和鹤嘴镐挖成的。勘探者们不由得想，是否出于一个奇特的偶然，他们被带到了一个连郡里最老的矿工都绝不知其存在的昔日的煤矿。

不！是中生代地层下沉时期的地质层“储蓄”了这条平巷。可能是，当高处的水要渗入陷于泥潭的植物时，曾有某条急流以前流经此处，但它现在就像在它底下几千英尺处的被开凿的花岗岩层一样干燥。与此同时，这里的空气流动自如——这表明有一把天然的“生火用的扇子”在使它和外面的大气流通。

工程师的这一观察是正确的，在这新矿内，可感到通风非常好。至于那种不久前曾穿过岩壁上的板岩逸出的瓦斯，似乎被装进了一个简单的“口袋”里，现在已经退出，平巷的空气里肯定已没有任何瓦斯留下。然而，出于谨慎，哈利只带上安全灯，这灯能为他保证十二小时照明。

詹姆斯和他的伙伴们此时感到一种完完全全的快乐，因为他们的希望完完全全地得到了满足。在他们的周围，除了煤，还是煤。某种激动，使得他们都说不出话来。西蒙也克制着，他的快乐不是通过长篇大论，而是通过短短的感叹词往外冒出。

对他们来说，这么深入地进入这一地下城，可能是不谨慎的。嘿！他们不太想往回走。平巷是畅通的，很少曲折。没有任何裂缝使通道中断，没有任何“生成物”散发出有害的气体。所以，没有任何理由停步不前，詹姆斯、麦德琪、哈利和西蒙就这样走了一个小时，没有任何标记可为他们指明这条陌生的隧道的正确方向。

他们无疑本会走得更远，如果不是来到了他们自进入平巷后就走着的这条大路的尽头。

平巷的尽头是一个硕大的洞穴，无法估量这洞究竟有多高，有多深。这洞的拱顶究竟在什么高度连成了圆形，和拱顶相对应的岩壁究竟往后退了多少距离？洞穴内的一片黑暗使他们无法看清。但是，借着灯光，勘探者们可以观察到，洞穴的拱顶之下是一片伸展得极其宽阔的死水——池塘或湖泊——湖的四岸风景如画，起伏不平地耸立着高高的岩石，隐没于黑暗之中。

“停步！”西蒙叫起来，突然停止了脚步，“再往前走一步，我们或许会滚入某个深渊！”

“那我们就休息一下，朋友们，”工程师答道，“况且，该考虑回村舍了。”

“我们的灯还能为我们照明十个小时，史塔尔先生。”哈利说。

“好吧，休息一会儿，”詹姆斯接口说，“我承认，我这两条腿要休息了！——您呢，麦德琪，您走了同样长的这段路不觉得累吗？”

“不是很累，詹姆斯先生，”健壮的苏格兰妇人答道，“我们已习惯了整天整天地探测阿柏福伊尔的老矿。”

“唔！”西蒙补充说，“如果有必要的话，麦德琪可以走十倍这样的路！不过，我还是想问一下，詹姆斯先生，我的情报值不值得为您所用？您尽管说不，詹姆斯先生，您尽管说不！”

“嘿！我的老伙计，我已经很久没有这么快乐了！”工程师答道，“我们勘探的这个出色的煤矿的一小部分似乎表明，这个矿面极为可观，至少从长度上看。”

“宽度上和深度上也一样，詹姆斯先生！”西蒙反驳说。

“这个，以后我们会知道的。”

“而我，我可以担保！请相信我老矿工的直觉。我的直觉从未欺骗过我！”

“我愿意相信您，西蒙，”工程师微笑着回答，“但是说到底，通过这次短暂的勘探，我可以做出判断的是，我们拥有的可开采的元素，可供我们开采几个世纪！”

“几个世纪！”西蒙叫起来，“我完全相信，詹姆斯先生！它将经历一千年还要多，直到最后一块煤从我们的新矿里被开采出来！”

“上帝在听着您！”詹姆斯答道，“至于显露在这些岩壁上的煤的质量……”

“绝妙的，詹姆斯先生，绝妙的！”西蒙回答说，“您自己看看这个！”

说着，他一镐采下了一块黑色的岩石。

“您瞧！您瞧！”他反复说着，将煤凑到灯下，“这块煤的表面闪闪发光！我们将在这儿采到肥煤，富含沥青物质的煤！而且它们将以大块煤[1]分割开来，几乎没有煤灰！啊！詹姆斯先生，二十年了，终于有了一块可以有力地跟天鹅海和加的夫竞争的矿床！好吧，那些司炉还将对此竞争，而如果采矿花费不多，卖到外面去就不会更贵了！”

“确实，”麦德琪说，她已拿过了煤块，很内行地审察着，“这是优质炭——把它带走，西蒙，把它带到村舍去！我希望这第一块煤在我们的开水壶下燃烧！”

“说得好，老婆！”老工头回答说，“你将看到我并没有上当。”

“史塔尔先生，”哈利这时问，“您对我们进入新煤矿后就一直走的这条长长的平巷的大致方位有什么想法吗？”

“没有，孩子，”工程师答道，“有一个罗盘，我或许能确定它的大致方向。可是，没有罗盘，我在这里就像一个水手在大海

① 矿工所称中等类型的煤。

上，在迷雾之中，在没有太阳时就没法测定方位。”

“毫无疑问，詹姆斯先生，”西蒙反驳说，“但是，我请求您，别把我们的位置同海员的位置比，他们的脚下永远并且到处都是深渊，我们是在坚实的土地上，在这儿，我们永远都不必担心沉没！”

“我不想引起您这种不快，老西蒙，”詹姆斯回答，“我远远没有想到以一种不正确的比较来贬低阿柏福伊尔的新煤矿的价值！我只想说一件事，这就是我们不知道我们在哪儿。”

“我们在斯特林郡的地下，詹姆斯先生，”西蒙答道，“这一点，我肯定得就好像……”

“听！”哈利说，打断了老工头的话。

所有的人都像年轻的矿工那样竖起了耳朵。他的听觉神经训练有素，突然发现有一种沉闷的声音，就好像是来自远处的低语。詹姆斯、西蒙和麦德琪，他们很快也听到了。这声音来自岩群的高层，一种隆隆声，可以清晰地感觉到那声音连续不断地“渐强”和“渐弱”，尽管很轻。

四个人竖着耳朵听了几分钟，都一言不发。

接着，突然地，西蒙叫起来：

“嘿！以圣芒戈起誓！难道是翻斗车已经在新的阿柏福伊尔的轨道上行驶了？”

“父亲，”哈利回答说，“我更觉得这是水在一片沿海地带上翻滚所发出的声音。”

“那我们不是在海底下了？”老工头叫起来。

“不,”工程师答道,“但我们不是不可能正在卡特林湖的湖床底下。”

“那这个地方的拱顶可能不厚,因为水声都听得到?”

“不厚,正是这样,”詹姆斯回答,“这也使得这个洞穴这么巨大。”

“您可能说得有理,史塔尔先生。”哈利说。

“再说,外面的天气这么糟,”詹姆斯接着说,“湖水可能像沃斯湾的水那样涨了起来。”

“嘿!那有什么,毕竟,”西蒙答道,“含碳矿层伸展在一个湖的底下不会比那更糟!这不会是人们第一次去大洋底下找煤!就算我们必须开采北运河的所有深处和最深处,又有什么坏处?”

“说得好,西蒙,”工程师叫道,他看着兴奋的工头,忍不住微微一笑,“我们就在海水底下推进我们的壕沟!把大西洋的洋底挖得满是窟窿!用镐从大洋底下挖过去,去和我们的美国兄弟们会合!如果必要,就一直挖到地球的中心,从它身上挖出它的最后一块煤来!”

“我认为您是在开玩笑,詹姆斯先生?”老工头问,神情略带嘲弄。

“我这确实是开玩笑!老西蒙!可是您这么兴奋,使我也情不自禁了!听着,让我们回到现实中,现实已经够美丽了。我们的镐就留在那儿,过一天再来拿,回村舍去吧!”

暂时没有别的事要做。再过些时候,工程师将在一队矿工的陪同下,带着灯和必需的工具,再次勘探新阿柏福伊尔。但是,得赶紧回到多查特煤仓。况且，路很好走。这条平巷几乎笔直地穿过岩群直到被炸药炸开的洞口。因此，根本不必担心迷路。

但正当詹姆斯朝平巷走时，西蒙叫住了他。

“詹姆斯先生，”他对他说，“你瞧见了吗？这巨大的洞，这洞底下的地下湖泊，这水浸润着我们脚下的沙滩。那么，就在这儿，我要把家搬来，就在这儿，我要建起一座新的村舍，如果有几个勇敢的伙伴愿意学我的样，不到一年，在我们古老的英国的岩群中就有不止一个乡镇了！”

詹姆斯用一个微笑赞许西蒙的设想，握了握他的手，三个人走在麦德琪的前头，进入平巷深处，以回到多查特煤仓。

走第一里路时，没有任何意外发生。哈利走在前头，将灯高举过头顶。他仔细地顺着主平巷走，一次也没误入向左向右辐射出去的那些狭窄的隧道。因此，回去的路似乎和来时的路应该同样容易好走，这时，一个令人恼火的复杂情况突然出现，使得勘探者们的处境极为严峻。

在某一刻，哈利举着灯时一阵猛烈的气流吹来，那气流就像是由一双看不见的翅膀拍击产生的。被吹歪了的灯从哈利手上滑脱，掉到平巷的岩石地上打碎了。

詹姆斯和他的伙伴们立刻陷入伸手不见五指的黑暗中。由于灯里的油已溅出，不能再用了。

“好吧，哈利，”西蒙叫道，“你是要我们折断脖子回村舍去吧？”

哈利没回答。他在寻思。在这最新的意外事件背后又存在着一个神秘的人物的手吗？在这样的深处难道有一个敌人，他那难以解释的敌对情绪会不会在某一天制造严峻的困难？是否有人有意要禁止对新的含碳矿层的一切开采？虽然这是荒谬的，但事实本身已在说话了，一件件事实已使单纯的怀疑变成肯定了。

在等待中，勘探者们的处境相当不妙。他们必须在伸手不见五指的黑暗中沿着通向多查特煤仓的平巷走大约五里路。然后，在抵达村舍前，他们还得走一个小时路。

“继续走，”西蒙说，“我们没有一刻可以浪费。我们将像瞎子那样摸索着前进。不可能迷路。通向我们这条路的隧道只是一些鼹鼠洞般的真正小巷，顺着主平巷走，我们必然会到达为我们打开通道的洞口。其次，这是个老煤矿。我们对它熟悉，哈利或我，我们不是第一次在这里处于黑暗中。况且，在那儿我们能找到我们留下的灯。上路吧！——哈利，你打头走，詹姆斯先生，您跟着他，麦德琪，你在后面走，我呢，殿后。特别要注意的是，我们不要分开，脚跟着脚，要不，胳臂拉着胳臂！”

只能顺从老工头的指导。正如他所说，摸索着走不易迷失方向。只需用手代替眼睛，并信任这种本能，在老工头和他儿子身上，这种本能成了一种第二本性。

因此，詹姆斯和他的伙伴们按照指定的次序往前走着。他们不说话，但不是由于缺乏思想。他们有着一个对手已是显而易见的事。但他是谁，怎样才能应付准备得如此神秘的袭击呢？这些极其令人不安的念头从他们脑子里冒了出来。但是，这不是气馁的时候。

哈利伸展着手臂，以坚定的步伐朝前走着。他不断地从平巷的这一处岩壁走到那一处岩壁。遇到坑洼，遇到侧口时，他通过用手摸索知道不能入内，尽管坑洼很浅，尽管口子很窄，他就这样一直走在正确的路上。

在一片伸手不见五指的黑暗中，因为极暗极暗，这艰难的回程走了约两个小时。考虑到前进速度不可能快，通过对时间的推算，詹姆斯估计他和他的伙伴们可能很快就要到出口了。

确实，几乎立刻，哈利停了下来。

“我们是不是终于走到平巷尽头了？”西蒙问。

“是的。”年轻的矿工回答。

“那么，你应该找到连通新阿柏福伊尔和多查特煤仓的口子了？”

“不。”哈利答道，他那蜷缩的手摸到的只是一处岩壁满满实实的表面。

老工头上前几步，亲自来摸板岩。

他发出一声呼叫。

不是勘探者们在回程中迷了路，就是炸药在岩壁上炸开的那个狭小的口子被新堵上了！

不管是哪种情况，詹姆斯和他的伙伴们被囚禁在新阿柏福伊尔了！

第十一章
灯塔夫人

上述事件之后八天，詹姆斯的朋友们异常焦急。工程师失踪了，毫无缘由。经询问他的仆人，知道他在格兰顿码头上的船，从“德·加勒王子号”汽轮船长处获悉，他在斯特林下的船。但自那以后，再也没有詹姆斯的踪迹。西蒙曾在信上嘱他保密，他对他前往阿柏福伊尔的煤矿只字未提。

因此在爱丁堡的人们谈论的都是工程师这无法解释的失踪。“皇家协会”主席W．埃尔菲斯顿爵士向他的同事们出示了詹姆斯写给他的信，他在信上为他无法参加协会的下一次会议请求原谅。另有两三个人也出示了类似的信件。但是，虽然这些文件证实了詹姆斯业已离开爱丁堡——这已很清楚——却丝毫说明不了他现在的情况。然而，这样的一个人物的这种反常行为，首先引起的必然是吃惊，然后是不安，因为失踪已成事实。

工程师的朋友中没人会料到他去了阿柏福伊尔的煤矿。大家都知道他绝不会喜欢再次看见他以前的工作场所。从最后那个铲斗被搬上地面那天起，他永远都不会再把脚踏上那里了。可是，因为汽轮把他放在了斯特林的码头上，就朝那个方向做了些搜寻。

搜寻一无所获。没人记得起曾在这个地方见过工程师。只有杰克·瑞恩可以满足公众的关注，他曾在耶鲁矿井的一个平台上遇见他和哈利在一起。但诸位知道，这个快乐的小伙子正在四十里外的伦夫鲁郡西南部的梅洛斯农庄干活，他不太可能会想到公众对詹姆斯的失踪已焦急到了这种程度。因此，他在访问了村舍八天后，在伊尔文氏族的守夜中，他照旧比以前更快活地唱着歌——虽然他有理由强烈地感到不安，这他以后会明白的。

詹姆斯不仅在城里，在整个苏格兰都是个重要且被人敬重的人物，以致有关他的事不可能不被人所知。行政长官、爱丁堡首席法官、大法官们、大部分参议员都是工程师的朋友，他们下令开始尽一切办法找他。一些警察被派往乡下，但一无所获。

所以，不得不在联合王国的一些主要报纸上刊登了一则关于工程师詹姆斯的启事，提供他的体貌特征，指出他离开爱丁堡的日期，除此之外只能等待了。这一举动引起了很大惊惶。英国的知识界几乎相信他们最杰出的成员之一已永远地消失了。

在人们为詹姆斯这个人物如此焦虑不安时，哈利这个人物同样被人焦急地挂念着，老工头的儿子倒不是引起了公众舆论的关注，而只是扰乱了他的朋友杰克·瑞恩的愉快情绪。

诸位一定记得，他们俩在耶鲁矿井相遇时，杰克·瑞恩曾邀哈利八天后来参加伊尔文氏族的节日。哈利接受了邀请并正式许诺前往这一庆典。杰克·瑞恩曾多次观察到他这位伙伴是个讲信用的人。和他打交道，有诺必应。

然而，在伊尔文的庆典上，什么都不缺，不缺唱歌，不缺跳舞，不缺各种欢庆，什么都不缺——除了哈利·福特。

杰克·瑞恩一开始对他很生气，因为他朋友的缺席影响了他的愉快情绪。他甚至在一首歌唱到一半时忘了词，他第一次在跳一支快步舞时突然呆住，而这舞通常会为他赢得掌声。

这里必须说一下，发表在报纸上的有关詹姆斯的启事，杰克·瑞恩还没有看到。这位勇敢的小伙子因此只记挂着缺席的哈利，心想只有某个严重情况才可能阻止他履行自己的诺言。所以，伊尔文节日的第二天，杰克·瑞恩曾打算乘火车从格拉斯哥去多查特煤仓，他本来会去的——如果不是被一桩差点要了他的命的意外事件阻止的话。

12 月 12 日夜里出了这样一件事。确实，这一事件可以使所有超自然现象的信奉者认为获得了支持，而在梅洛斯农庄，这样的人为数不少。

拥有大约七千居民的伊尔文是化夫鲁郡的一个海滨小城，建立在由苏格兰海岸意外造成的海湾上，几乎就位于克利德海湾的口上。它那不受外海风侵袭的港口被一个极大的灯塔照得通亮，因此，一个谨慎的海员不可能在此迷航。正因如此，在海滨的这一部分遇难的船员很少，那些沿海航行的船只或长途邮船，想驶进克利德海湾去格拉斯哥也好，想驶入伊尔文的海湾也好，行驶时都不会有危险，即使是在漆黑的夜里。

当一个城市有着英勇的过去，不管这过去是多么的微不足道，当它的城堡过去曾属于某个罗伯特·斯图亚特，那就必然会留下某些遗迹。

而在苏格兰，所有的遗迹都经常有鬼神出没——至少，高地和低地人都这么认为。

最古老的遗迹，同时也是海滨这一段最最声名狼藉的遗迹，正好就是被命名为唐纳德古堡的罗伯特·斯图亚特的这座城堡的遗迹。

在那个年代，唐纳德的城堡作为当地所有游荡的小妖精的庇护所，肯定是最阒无人迹之处。极少有人在距城两里的高出海面的巨岩上参观这古堡。可能有些外国人仍想查考这些古老的历史遗迹，但他们是独自去那儿的。伊尔文的居民们绝不会带他们去那儿，不管是出什么价钱。事实上，有一些虚构的故事在传播着经常出没于这座古老的城堡的那些“灯塔夫人”的数目。

最最迷信的人断言曾亲眼见过这些荒诞的创造物。自然，杰克·瑞恩属于这一行列。

实际情况是，时而有长时间的光亮出现，有时在一堵坍倒了一半的墙面上，有时在俯瞰着唐纳德城堡的整个废墟的塔楼顶上。

这些光亮是否像人们断言的那样具有人形？它们是否配得上海滨的苏格兰人给它们取的“灯塔夫人”这个名字？显然，这仅仅是由于迷信而在脑子里形成的一种幻象，科学应该按自然法则解释这一现象。

不管那是什么，灯塔夫人在所有的地方都一致地被说成经常出没于这座古堡的废墟，有时还在那儿古怪地狂舞乱跳，尤其是在漆黑的夜里。杰克·瑞恩，不管他是个多么有勇气的舞伴，绝不敢大着胆随着他那位吹号角的女人的乐声陪它们跳舞。

“有老尼克应付它们就够了，”他说，“他并不需要我去补足他那地狱似的乐队！”

可以想象，这些古怪的幽灵幻影不可避免地成了守夜时的故事内容。杰克·瑞恩因为有着一整套关于灯塔夫人的传说，当讲到它们的故事时，决不会不知道说什么好！

因此，在最近的这次守夜时，喝够了作为伊尔文氏族节日的最后一个节目的淡色啤酒、白兰地和威士忌后，杰克·瑞恩没有忘记再次说起这个他心爱的主题，说得他的听众非常高兴也可能非常害怕。

守夜是在梅洛斯农庄的一个硕大的谷仓里进行，就在海滨的边界线上。人群中央，在一个巨大的铁皮三脚支架上旺旺地燃烧着炭火。

外面的天气很糟。厚厚的云在波涛上翻卷着，因为一股强劲的西南风从远离海岸的洋面上猛袭过来。这是一个漆黑的夜，云层间没有一隙光亮处，大地、天空和海水在深深的黑暗中融在一起，这使得要驶近伊尔文的海湾十分困难，如果有什么船敢在这股从侧面袭来的大风中冒这样的险的话。

伊尔文的小海港进出的船只不算多——至少对达到某些吨级的船来说。扬着风帆或使用蒸汽机的商船想驶进克利德海湾时，都是在稍北一些的地方靠岸的。

可是那天晚上，某个在岸边耽搁了的渔夫不无惊讶地发现有一艘船在朝海岸驶来。如果天突然亮了，那他就不是惊讶而是惊骇了，因为他看到的那条船正顺着风，张开了所有的帆行驶着。海湾没有入口，在海滨巨大的岩石之间没有任何避让处。如果这条不谨慎的船仍执意靠近，它将如何跃过呢？

守夜即将以杰克·瑞恩讲的最后一个故事结束。那些被他带进了神怪世界的听众，要是遇上这样的事，肯定会轻易相信。

突然，外面响起了叫喊声。

杰克·瑞恩立刻中断了他的故事，所有的人都急忙离开谷仓。

夜漆黑一片。一阵阵狂风暴雨长长地掠过沙滩。

两三个渔夫正用力把身体靠近一块峭壁以更好地抵挡风的袭击，一面大声呼喊着。

杰克·瑞恩和伙伴们向他们奔去。

这些呼喊并不是朝农场的居民们发出的，而是朝着正一无所知地奔向灭亡的一船船员。

确实，在几里外的海面上模糊地现出一块阴暗的东西。那是一艘船，从它灯光的位置很容易可以辨认出来，因为在它的前桅桅楼上挂着一盏白色的灯，右舷上有一盏绿色的灯，左舷上有一盏红色的灯。因此，从船头可以看到这艘船正在全速驶向海岸。

“一条遇险的船？”杰克·瑞恩叫了起来。

“是的，”一个渔夫答道，“现在它想掉头也来不及了！”

“发信号！发信号！”一个苏格兰人叫道。

“什么信号？”那渔夫反问道，“在这样的狂风中，没法使火把不被吹熄！”

就在迅速地交换这些话语时，喊声又响了起来。但在这样的暴风雨中怎么可能听得见？船上的全体船员再也没有任何机会逃得脱失事的危险了。

“为什么这样驾驶？”一个水手叫道。

“它是想搁浅吧？”另一个答道。

“难道船长不认得伊尔文的灯塔？”杰克·瑞恩问。

“应该信赖灯塔，”一个渔夫答道，“至少不至于被什么弄糊涂……”

渔夫的话还没说完，杰克·瑞恩发出了一声惊怖的呼喊。船员能听得到吗？不管怎样，那艘商船想要在黑暗中变得发白的那排岩礁上抬起船身已经为时太晚。

但是，这并不是如人们本以为的那样，是杰克·瑞恩试图通知失事的船而发出的一声最后的警告。杰克·瑞恩那时已背向大海。他的伙伴们也都转过了身，看着海滩后半里远的地方的一个点。

那是唐纳德古堡。一道长长的光在古老的塔楼顶上的狂风中扭来扭去。

“灯塔夫人！”这些迷信的苏格兰人都极度惊恐地叫了起来。

坦率地说，必须有极好的想象力才能从这道光中认出一个人的外形。它就如在风中挥舞着的一面发出光亮的信号旗，有时似乎要从塔楼顶上飞起，就像立刻就要熄灭似的，不一会儿，它那发蓝的尖端又回到了那儿。

“灯塔夫人！灯塔夫人！”吓坏了的渔民们和农民们叫了起来。

这时，一切都明白了。在大雾中迷失了方向的这艘船显然是驶错了航道，把唐纳德古堡顶上亮起的这道光当成了伊尔文的灯塔。它以为这是在此以北十里外的海湾入口，以为它在朝没有陆地的方向行驶，这道光却无法给它任何庇护！

怎么做才能救这条船，如果时间还来得及？可能一定得爬上废墟，试着熄灭那道光，使它无法再和伊尔文港的灯塔混淆！

毫无疑问，这么做是恰当的，不能耽误。可是，在这些苏格兰人中有哪一个会想到这，而且，即使想到了，又有谁敢对抗灯塔夫人？可能杰克·瑞恩有这个胆，因为他勇敢，尽管他是那么迷信，却不能阻止他投入一个高尚的行动。

太迟了。一阵可怕的折裂声在船体的撞击声中响了起来。

船尾的龙骨刚刚触碰到了海底。船上的方位灯熄灭了。拍岸浪的白色的外形似乎在顷刻间粉碎了。触了礁的船侧卧着，支离破碎地躺在礁石之间。

也就在这一瞬间，由于一个纯属偶然的巧合，那道长长的光就仿佛被一股强劲的狂风扯掉了似的，消失了。大海、天空、沙滩立刻再一次陷入漆黑之中。

“灯塔夫人！”杰克·瑞恩面对着他和他的伙伴们认为的超自然现象的突然遁去，最后喊了一声。

不过，这些迷信的苏格兰人虽无勇气去面对一个虚幻的危险，而面对着一个现实的危险，涉及救他们的同类，他们又有了勇气。大自然的暴力并不能使他们却步。他们把绳索扔进波涛中，英勇地——其程度不亚于刚才的迷信——投入了对失事船只的营救。

幸好，他们成功了，有几个人——大胆的杰克·瑞恩是其中之一——冒着生命危险到了岩石上，而那条船的船长和全体八个船员被安全地带到了沙滩上。

这是条挪威的双桅横帆船，名叫“摩塔拉”，装载着北方的木材前往格拉斯哥。

一点不错，船长被唐纳德古堡塔楼上亮起的那道光迷惑了，未驶入克利德海湾，却撞到了一片海滩上。

此刻，“摩塔拉”只剩下了少量的残骸，拍岸浪也结束了对海滨岩石上这些残骸碎片的猛击。

第十二章

杰克·瑞恩的功劳

杰克·瑞恩和三个同他一样也受了伤的伙伴被抬到了梅洛斯农庄的一个房间里，他们在那儿立即得到了精心治疗。

杰克·瑞恩的伤势最重，因为当他腰上系了绳索跳进大海时，汹涌的波涛把他猛地卷到了礁石上。甚至，在他的伙伴们把他带回岸上时，他几乎都没命了。

勇敢的小伙子因此不得不卧床了好几天——这使他烦躁极了。不过，当他被允许想唱多久就可以唱多久时，他把疼痛忍住了，梅洛斯农庄成天响着他那快乐嘹亮的歌声。然而杰克·瑞恩从这次冒险中唯一吸取到的是，更加害怕这些鬼怪和别的小妖精了，它们以跟这可怜的世界捣蛋作为消遣，“摩塔拉”的灾难就是它们造成的。这很难使杰克·瑞恩确信灯塔夫人并不存在，以及在废墟间如此突然地射出的这道光只能归因于某种物理现象。

任何说理都没法使他信服。他那些伙伴们在迷信上比他还要固执。按他们的说法，灯塔夫人中有一个怀着恶意把“摩塔拉”引向了海岸。若想以此惩罚它，那得对暴风雨施以同样的处罚！法官们可以发出他们认为恰当的一切追捕令，却没法做到把一道光关进监狱，用链子锁住一个触摸不到的家伙。而且，不得不说，今后所做的搜寻，似乎——至少在表面上——将使这种以迷信的方式对事物做出解释变得合情合理。

果然，负责侦查有关“摩塔拉”失事事件的法官来询问这场灾难的不同见证者了。所有的人都众口一词地认为船舶遇难是由于在唐纳德古堡的废墟上不可思议地出现的灯塔夫人。

大家可以想象，法院不可能让自己接受类似的理由。这是在这些废墟上产生的一个纯物理现象，这点毋庸置疑。可是，这是出于偶然还是恶意？这是法官必须力求证实的。

“恶意”这个词不能滥用。不需要为了从阿莫列克的历史中找到证据而追溯历史。布列塔尼海滨有许多偷盗无主财物的人都干这一营生，他们把船舶诱向海岸以瓜分船上的遗物。有时是在夜里点燃一丛含树脂的树，诱导一艘船进入再也出不来的某些航道。有时用一个火把，缚在一条公牛的角上，让火把随这畜生任意行走，欺骗一船船员跟在它的后面。这些诡计导致船舶不可避免地遇难，抢劫者则从中捞取好处。为了摧毁这些野蛮的习俗，曾不得不依靠司法部门的干预和严厉的儆戒。这次情况的出现，会不会是一只罪恶的手在重新仿效古老的抢掠船上遗物的传统？

这就是警方所考虑的，不管杰克·瑞恩和他的伙伴们的想法是什么。后者听说了侦查行动后分成了两派，一些人只是耸耸肩膀，另一些人更为胆怯，宣称这样必将惹恼超自然的生灵，会招来新的灾祸。

然而，侦查做得非常仔细，警方前往唐纳德古堡进行了最严密的搜寻。

法官首先想查清的，是地上是否留有能将其归于妖精以外的脚的脚印。他们无法将最浅的足迹恢复原样，不管是旧的还是新的。不过，隔夜下了雨，地还相当湿，保留着少量的足迹。

“妖怪的脚印！”当发现初步搜寻一无所获时，杰克·瑞恩叫起来，“能在沼泽的水面上找到一个家神的脚印也好！”

侦查的这第一部分因此一无所获。第二部分可能也不会有更多收获。

确实，这涉及火是怎样在古老的塔楼顶上点燃的，是哪些物质提供了燃料，最后一点是，这次燃烧留下了什么残迹。

关于第一点，什么也没有，既无火柴残梗，也没有可用于点燃随便什么火焰的破旧纸片。

关于第二点，也是什么也没有。既找不到枯草，也找不到木片，可夜里这火烧得那么旺，势必需要大量枯草和木片。

至于第三点，无法进一步澄清。什么灰烬都没有，随便什么燃料的残留物都没有，甚至都无法找到火焰所在的大致地点。没有一个地方变黑，无论是地上还是岩石上。是否该因此得出结论，火焰是被某个罪犯拿在手上？这简直难以置信，因为，据证人所说，火光展开得极大，以致“摩塔拉”的船员透过大雾，在几里外的外海都能看到。

“好！”杰克·瑞恩叫道，“灯塔夫人能够不用火柴！她吹气，这足以使她周围的空气燃烧，她的火从不会留下灰烬！”

他从这一切中得出结论，法官们在这上头白费心血了，一个新的传说加到了那么多别的传说之中——这传说将使“摩塔拉”的灾难永远被人记住并无可争辩地再次证实灯塔夫人的显灵。

然而，杰克·瑞恩这样一个勇敢的小伙子，有着这样强壮的体格，不可能长期卧病在床。卧床对一些轻微的挫伤和脱臼来说同样不适合。他没有时间生病。而没有了生病时间，在低地的这些有益于健康的地区，人就很少生病了。

杰克·瑞恩因此迅速恢复了健康。他刚下床，在重新在梅洛斯农庄干活之前，他想将某些计划付诸实施。这涉及去探望他的伙伴哈利，以弄清为何后者在伊尔文氏族的节日上失约。就哈利这样的男人来说，他从来都是说到做到，这次失约难以解释。何况，老工头的儿子没有听说报纸详细报道“摩塔拉”的灾难令人难以置信。他应该知道杰克·瑞恩参加了救援和他因此发生的这些事，从哈利这方面来说，不来到农庄握一握他的朋友杰克·瑞恩的手，显得太冷淡了。

如果哈利没有来，那是他来不了。杰克·瑞恩宁愿否定灯塔夫人的存在，也不愿相信哈利对他的冷淡。

因此，发生灾难两天后，杰克·瑞恩离开了农庄，高高兴兴地，就像个根本感觉不到伤痛的身体结实的小伙子。他一边大声唱着一首有叠句的歌曲，使得崖壁发出了阵阵回声，一边前往经过格拉斯哥去斯特林和卡兰德的火车站。

在那儿，当他在火车站里等车时，他的目光一开始就被大量复制后贴在墙上的一张布告吸引住了，告示内容如下：

> 今年12月4日，爱丁堡的詹姆斯工程师在格兰顿码头登上了“德·加勒王子”号。同一天，他在斯特林下了船。自那时以来，再也没得到他的消息。
>
> 凡有关于他的信息，敬请告知爱丁堡的皇家协会主席。

杰克·瑞恩停留在一张这样的布告前，将它读了两遍，露出极其吃惊的神情。

“史塔尔先生！是他吗？”可12月4日那天我正好在耶鲁矿井的梯子上遇见他和哈利在一起！那次相遇至今有十天了！可是，从那时起，他没再露面！这能不能解释为什么我那位伙伴没来伊尔文的节日？

于是，没来得及写信向皇家协会主席报告他想知道的有关詹姆斯的消息，勇敢的小伙子跳上了火车，决意先去耶鲁矿井。到了那里后，如果有必要，他将直下多查特煤仓井下去找哈利，还有和他在一起的工程师詹姆斯。

三小时后，他在卡兰德火车站下了火车，迅速前往耶鲁矿井。

“他们没再露面，”他在心里想，“为什么？是某种阻挠挡住了他们？是某件工作重要得仍把他们留在煤矿井下？我会弄清楚的！”

于是杰克·瑞恩加大步伐，不到一个小时就到了耶鲁矿井。

从外面看，没任何变化。包括煤仓周围的寂静无声。在这荒芜的地方没有一个生物。

杰克·瑞恩穿过遮着井口的坍塌的单坡屋顶。他放眼朝这竖井洞内看……什么也没看见。他用耳朵听……什么也没听见。

“我的灯呢！”他叫起来，“怎么不在老地方了？”

杰克·瑞恩在煤仓巡视时用的那盏灯通常放在一个角落里，靠近上面的梯子的楼梯平台。

这盏灯不见了。

“一开始就这么错综复杂！”杰克·瑞恩想，他开始变得非常不安了。

然后，毫不犹豫地，尽管他非常迷信。

“我要去，”他说，“即使煤仓里比地狱最深处还要黑！”

于是他开始走下消失于阴暗中的矿井的一长串梯子。

要冒这样的险，杰克·瑞恩必须一点都没丢失他以前的矿工经验并极其熟悉多查特煤仓。何况，他是谨慎地往下走着。他用脚探测每一个梯级，有些梯级已经被虫蛀蚀了。在这一千五百英尺的架空处，任何一个失足都会摔死。杰克·瑞恩因此数着他为了走到下面一层而不断地离开的一个个平台。他知道得走过第三十个平台，他的脚才能踏上煤仓的地槛。一旦到了那儿，他想，他就能放开脚步找到村舍了，诸位都知道，那村舍建在主平巷的尽头。

杰克·瑞恩就这样下到了第二十六个平台，所以，他这时距井底最多只有二百英尺了。

在这儿，他放下腿去寻找第二十七架梯子的第一个梯级。但他的腿在空中荡来荡去却碰不到任何一个落脚点。

杰克·瑞恩在平台上跪下来。他想用手抓住梯子顶端……毫无结果。

显然，第二十七架梯子未在原位，也就是说，它被抽走了。

“老尼克准是从这儿经过了！”他想，不由感到一种恐惧。

杰克站起身来，双臂交叉，仍希望能突破这难以通过的黑暗，他等待着。接着，他想到，如果他没法下去，居住在煤矿里的人，他们也不能上来。事实上，该郡的地面和煤仓的深处之间不再有任何通道。如果耶鲁矿井下面的那些梯子是在他最后一次游览村舍后被拿走的，西蒙、他的妻子、他的儿子和工程师会怎么样呢？显然，詹姆斯的继续失踪证明，自从那天杰克·瑞恩和他在耶鲁矿井相遇以来，他没有离开过煤仓。从那时起，村舍是怎样得到给养的呢？这些可怜的人被囚禁在地下一千五百英尺，不会缺少生活必需品吗？

所有这些念头掠过了杰克·瑞恩的脑际。他很明白，靠他自己是绝对到不了村舍的。将通道切断，这件事是否怀着恶意？他并不觉得这值得怀疑。不管怎样，法官们会看出来的，但必须尽快地通知他们。

杰克·瑞恩俯在平台上。

“哈利！哈利！”他扯开响亮的嗓门叫着。

哈利的名字回荡了好几次，最后消失于耶鲁矿井的最深处。

杰克·瑞恩迅速地往回登上上面的梯子，他又见到了阳光。他一刻都不耽搁。他不停顿地重新来到卡兰登火车站。他等待了几分钟就来了辆通往爱丁堡的快车。于是，下午三点钟他来到大法官家里拜访。

在那儿，他得到了通报。他提供的确切细节使其真实性无可怀疑。皇家协会主席W.埃尔菲斯顿爵士不仅是詹姆斯的同事，而且是他的私人朋友，他立刻得到了通知并被要求领导即刻对多查特煤仓进行的刻不容缓的搜索。几个警察被派到他手下，他们配备了灯、十字镐、长长的绳梯，也没忘了带生活必需品和活血药。然后，在杰克·瑞恩的带领下，全体人马急急赶往阿柏福伊尔的煤矿。

当天晚上，W.埃尔菲斯顿爵士、杰克·瑞恩和警察到了耶鲁矿井井口，他们一直下到第二十七个平台，几个小时前，杰克·瑞恩就是在这个平台上停下的。

他们把灯系在长绳的一端，放入矿井深处，这时，可以看到缺了最后的四架梯子。

毫无疑问，多查特煤仓的整个内外通道是被有意识地截断的。

“我们还等什么！先生？”杰克·瑞恩不耐烦地问。

“我们等这些灯回上来，我的小伙子，”W.埃尔菲斯顿爵士答道，“然后，我们一直下到最后一个平巷的地面，你就带我们……”

“去村舍！”杰克·瑞恩叫道，“如果有必要，一直到煤仓的最深的深渊！”

那些灯刚拉上来，警察就将绳梯系牢在平台上，绳梯在矿井里展了开来。下面那些平台也是这样。可以从一个平台下到另一个平台。

这么做并无太大困难。杰克·瑞恩第一个悬在这些颤悠悠的梯子上，而且，第一个到达煤矿的井下。

W. 埃尔菲斯顿爵士和警察们很快和他会合在一起。

耶鲁矿井井下形成的圆形空地上一片荒凉，但 W. 埃尔菲斯顿爵士不无吃惊地听到杰克·瑞恩叫道：

“这里有几截梯子，这是被烧掉了一半的碎块！”

“烧掉！”W. 埃尔菲斯顿爵士重复着，“果然，那是些冷却了很久的灰烬！”

“您是否认为，先生，”杰克·瑞恩问，“詹姆斯工程师有兴趣焚烧这些梯子并切断和外面的交通线？”

“不，”W. 埃尔菲斯顿爵士回答，依然沉思着，“走，小伙子，去村舍！在那儿我们将知道真相。”

杰克·瑞恩不太相信地摇摇头。但他从警察手里拿过一盏灯，迅速地顺着多查特煤仓的主平巷往前走。

大家跟在他的后面。

一刻钟后，W. 埃尔菲斯顿爵士和他的同伴们到了那个洞，在最靠里的地方建着西蒙的村舍。村舍的窗户上没有一点灯光。

杰克·瑞恩急忙朝门奔去，用力推开门。

村舍里空无一人。

他们检查阴暗的住所里的一间间房间。房里没有任何暴力的痕迹。所有的东西都整整齐齐，就好像老麦德琪仍在那儿。储存的生活必需品甚至很丰富，足以让福特一家吃上几天。

因此，村舍主人的失踪令人费解。但有什么确切的方法可以看出他们是什么时候离开村舍的？——有了，因为在这不分黑夜白天的地方，麦德琪习惯在日历上的每一天标上一个十字。

这日历挂在客厅的墙上。而最后一个十字是 12 月 6 日画上去的，这是詹姆斯抵达的第二天——这一点杰克 · 瑞恩能够断定。

因此，事实证明西蒙、他的妻子、他的儿子和他的客人自 12 月 6 日以来，即十天前就离开了村舍。

由工程师着手进行的对煤仓的一次新的勘探能作为这么长时间失踪的理由吗？显然不能。

至少 W. 埃尔菲斯顿爵士是这么想的。在仔细检查了村舍后，他为该怎么办感到非常棘手。

一片漆黑。警察手里摇晃着的灯光只能在这无法穿越的黑暗中划出一道道光亮。

突然，杰克 · 瑞恩发出一声呼喊。

“那儿！那儿！”他说。

他的手指指着一道较强的光，这光在平巷远处的黑暗中晃动着。

“朋友们，去追这道光！”W. 埃尔菲斯顿爵士应道。

“这是鬼火！”杰克 · 瑞恩叫道，“有什么用？我们永远都追不上它。”

皇家协会主席和警察们不太迷信，朝那移动的光亮奔去。杰克·瑞恩勇敢地参加了追逐，并未掉在最后一个。

这是一次长时间的累人的追逐。发光的风灯似乎被一个个子小小的但特别灵活的人携带着。每一次都是刹那间，这人消失于某堵路堤之后，接着又出现在一条横向的平巷的深处。迅速的急转弯又使他离开了视线。他似乎最终消失了，可是，突然，他那盏风灯又射出了强烈的光。总之，很难赢他，杰克·瑞恩坚持认为追不上他并不是没有理由。

在一个小时的这种毫无意义的追逐中，W. 埃尔菲斯顿爵士和他的同伴们深入到了多查特煤仓的西南段。他们也终于想着他们是否在跟某个抓不住的家神打交道了。

可是，就在这时，那家神与力图追上他的人们之间的距离似乎缩小了。是逃跑中的这个神秘的人累了，还是这人想把 W. 埃尔菲斯顿爵士和他的伙伴们引到那些村舍的居民可能也曾被引到的地方？这个问题很不容易解答。

尽管如此，那些警察见缩短了距离便加大了劲。那光亮，曾一直在他们前方二百多步处闪耀，现在则不到五十步了。这间隔还在缩小。拿着风灯的人更能看得见了。有几次，当他回头时，可以模糊地认出一张人脸的侧面，而且，一个小妖精至少不会是这样的脸形，杰克·瑞恩不得不承认这跟一个超自然的生灵根本没有关系。

于是，他加快了奔跑：

“加油，朋友们！”他叫道，“他累了！我们马上就能赶上他，而且，如果他说话和他逃跑一样棒，他将能告诉我们好多事！”

然而，这时追逐变得更困难了。确实，在煤仓最深处的中间，一些狭窄的地道就像一座迷宫的小道那样交叉着。在这座迷宫里，拿着风灯的人可以轻易地甩掉警察。他只需熄掉他的灯，冲入边上某个黑暗的庇护地的深处。

“可是，关于这一点，”W. 埃尔菲斯顿爵士想，“如果他想甩掉我们，为什么他不这么做？”

这个抓不住的家伙直到那时还没这么做，但是，正当这个念头掠过 W. 埃尔菲斯顿爵士脑际时，灯光突然熄灭，而那些继续追赶着的警察几乎立刻来到了一个狭窄的洞口跟前，这洞口夹在板岩的中间，在一条狭窄的坑道的末端。

穿过这条坑道，重新点亮他们的灯，钻过朝他们开着的这个洞口，这对 W. 埃尔菲斯顿爵士、杰克 · 瑞恩和他们的伙伴们来说，只是瞬间的事。

但他们还没走满百步就进入了一个新的平巷，更宽更高，他们突然停了下来。

在那儿，靠近岩壁处，四具身体躺在地上——或许是四具尸体！

“詹姆斯！”W. 埃尔菲斯顿爵士说。

“哈利！哈利！”杰克 · 瑞恩叫着，急忙扑到他的朋友身上。

确实，这是工程师、麦德琪、西蒙和哈利 · 福特，他们一动不动地躺在那儿。

但这时，这些身体中的一个竖了起来，只听见老麦德琪用衰竭的声音喃喃说着这几个字：

"水！水，先要水！"

W. 埃尔菲斯顿爵士、杰克·瑞恩和那些警察试着使工程师和他的伙伴们恢复知觉，让他们吞下了几滴活血药。药几乎立刻在他们身上奏效了。这些倒霉的人，在新阿柏福伊尔关了十天，快饿死了。

然而，之所以他们在这么长时间的囚禁中没有死——詹姆斯告诉 W. 埃尔菲斯顿爵士——那是因为他们曾三次在他们身边找到一块面包和一罐水！毋庸置疑，使他们得以继续活着的那位救人者没法做得更多……

W. 埃尔菲斯顿爵士在心里想，这会不会是刚才正好把他们引到詹姆斯和他的伙伴们躺着的地方的那个家神所干的事呢。

不管怎样，工程师、麦德琪、西蒙和哈利·福特获救了。他们再次经过那个拿风灯的人似乎有意指点给 W. 埃尔菲斯顿爵士的那个狭窄的出口，被带回到村舍里。

而詹姆斯和他的伙伴们之所以没能重新找到炸药为他们打开的那个平巷的出口，那是因为这个出口被重重叠叠的岩石结实地堵住了，以致在这一片漆黑中他们既无法辨认出它，也无法将它拆除。

所以，当他们在勘探这庞大的地下城时，连接新老阿柏福伊尔的所有通道都被一只敌对的手故意关闭了！

第十三章
煤城

刚才叙述的事件之后三年，向导尤纳或穆雷，以“极吸引人的言辞”，建议游览斯特林郡的众多观光者，花几个小时参观新阿柏福伊尔的煤矿。

无论在新大陆或旧大陆的哪一个国家，没有一个矿，能呈现出更为稀奇的面貌。

首先，参观者们被安全又毫不劳累地带到郡地面以下一千五百英尺处的采掘面。

在卡兰德西南七英里处，开掘了一条倾斜的地道，装饰有城堡式入口、塔楼和城垛。这条地道坡度较缓，挖得很宽，直接通到苏格兰高地里面的这个被挖掘出的如此奇特的地下城。

一条双行铁路，其车厢由一种液动力驱动，每隔一小时停在这个建于郡的地下的乡村，乡村的名字或许有点野心勃勃——

“煤城”，即煤的城市。

参观者抵达煤城后，置身于一个中心，在那儿，电作为热和光的原动力，起着首要作用。

事实上，尽管通风井数量很多，也不可能将足够的阳光掺入新阿柏福伊尔的深深的黑暗之中。与此同时，一种强烈的光填满了这黑暗的中心，在那儿，许许多多电轮代替了日轮。悬吊于拱顶的拱腹面之下，挂靠在天然的柱石上，由电磁发电机产生的电流连续供电——一些是太阳，另一些是星星——它们大面积地照亮了这一领域。当休息时间到了，一个开关就足以在煤矿的这些极深的深渊里制造出人造的夜晚。

所有这些设备，大大小小，都在真空中运作，也就是说，它们的发光的电弧，绝不接触周围的空气，以至空气中混杂进的瓦斯到了发爆的比例时，不必担心任何爆炸。电这种原动力同样用于工业生活和家庭生活的一切需要，在煤城的房屋里和在新阿柏福伊尔的采掘巷里都是一样。

首先，必须说一下，工程师詹姆斯的预见——关于新煤矿的开采——完全实现了。含碳矿脉之丰富难以估量。在地下城的西面，距煤城四分之一英里处，矿工们的十字镐对第一批矿脉进行了开采。因此工人住宅区不占据开采的中心。井下工程通过通风井和采掘井直接连到地面工程，使得不同的矿层都和地面连通。使用液动力牵引的铁路线的大隧道只用于运送煤城的居民。

大家是否还记得老工头和他的伙伴们第一次斟探时曾被囚禁在里面的这个庞大的洞穴的奇特构造。在那儿，在他们的头顶上是一个成圆形的尖曲度的穹顶。支撑穹顶的柱石在三百英尺的高度消失于板岩的拱顶中——这高度几乎相等于肯塔基的岩洞的“猛犸穹顶”的高度。

众所周知，这庞大的敞厅——美国的地下建筑中最大的——可以轻轻松松地容纳五千人。在新阿柏福伊尔的这一部分，比例一样，布局也一样。但是，在这里，见到的不是那个著名的洞穴里那些奇妙的钟乳石，而是隆起的含碳矿脉，它们就像在片状的矿脉断裂缝的压力下，从所有的岩壁中冒了出来。甚至可以说某些煤精的圆雕中的片状物在阳光下都会燃烧起来。

在这穹顶的下面延伸着一个湖泊，其延伸度可以和“猛犸地下城”的死海相比——深深的湖泊中透明的水里满是没有眼睛的鱼。工程师给这湖泊起名为马尔科姆湖。

就在那儿，在那巨大的天然洞穴里，西蒙建起了他的新的村舍，他不会把它和爱丁堡王子街上最漂亮的公馆交换。这所住宅坐落在湖畔，它的五个窗户朝着一望无际地伸展开的黑暗的水。

两个月后，第二幢住宅矗立在西蒙的村舍的邻近。那是詹姆斯的住宅。工程师全身心地投入了新阿柏福伊尔。他同样乐意住在那儿，他若是同意再次上到外面去，那准是他不得不处理的事务迫使他这么做。确实，他在那儿是生活在他的采矿世界之中。

自从发现了新的矿层，老煤矿所有的工人都急忙丢下犁和钉齿耙，重新拿起了十字镐和鹤嘴镐。由于确信他们将永不会失去工作，以及开采的兴旺将使劳动力得到高工资，他们放弃了地上来到地下，住在煤矿里，煤矿那天然的布局适合于这样的定居。

这些砖砌的矿工住房，以别致的方式一点儿一点儿地排列着，有的坐落在马尔科姆湖岸，有的坐落在那些像是用来抵挡拱推力的类似教堂墙垛那样的拱形物底下。锤击岩石的采煤工，运煤的矿车推运工，工程的驾驶员，用支柱支撑平巷的矿井坑道支架的装设工，负责修路的养路工，在被开采的部分用石块替代煤的填土工，总之，所有这些较多地从事井下工作的工人们，都把他们的家安在新阿柏福伊尔，渐渐地在斯特林郡的北方，形成了位于卡特林湖东岬头底下的煤城。

因此，这是一种弗朗德勒式的乡村，矗立在马尔科姆湖沿岸。一个为祈求圣吉尔斯保佑而建立的小教堂位于一块巨形岩石上，岩石底部浸在这地下海的水中。

当这个地下村镇被那些悬吊在穹顶的柱石上或侧殿的拱形物上的圆盘投射的强光照亮时，它神奇的外貌呈现出一种奇特的效果，证实了向导穆雷或尤纳的推荐。这就是为什么观光者大批涌来。

如果说煤城的居民们为他们的定居流露出骄傲，那是不消说的。他们也很少离开他们的工人住宅区，在这方面他们模仿的是西蒙，他是从不愿从这儿出去的。老工头坚信“那上头”一直在下雨，而且，在确认了联合王国的气候后，必须承认他绝不会说错。新阿柏福伊尔的家庭因此兴旺起来。三年来，这些家庭达到了某种小康，以至它们绝不想回到地面。在工程重新开始时出生的许多婴儿还从没有呼吸过外面的空气。

杰克·瑞恩因而止不住说：

“他们断奶都十八个月了，然而，他们却还未见过阳光！”

关于这一点，必须注意到，杰克·瑞恩是应工程师之召第一批赶来的人中的一个。这个快乐的伙伴把重操旧业当作一项责任。梅洛斯农庄因此失去了它的歌唱家和常任的风笛手。但这不是说杰克·瑞恩不再唱了。相反，新阿柏福伊尔的响亮的回声用它们的石头肺和他应和着。

杰克·瑞恩在西蒙的新村舍安了家。他们向他提供了一间住房，他是个单纯坦率的人，也不客套就接受了。麦德琪老太太喜欢他这善良的性格和愉快的性情。对于他说的煤矿里常会有神怪出没的想法，她或多或少有着同感，于是，当只有他们两人的时候，他们便互相讲着令人毛骨悚然的故事，这些故事足以使最离奇的神话大为增色。

杰克·瑞恩因此成了村舍的欢乐。何况，这是一个好人，一个强有力的工人，在工程重新开始六个月后，他当了井下工程的一个队的队长。

“这一切就像是精心加工过的，福特先生，”他说，他正在几天前安了家，“您发现了一个新的矿脉，而且，如果说您为了这一发现差点送了命，那么，这代价并不太贵！”

“不，杰克，这甚至是我们在那儿做的一笔好买卖！”老工头回答说，“但无论史塔尔先生还是我，我们不会忘了我们的命是你救的！”

“不，”杰克·瑞恩接着说，“是您的儿子哈利救的，因为他曾打算接受我的邀请参加伊尔文的节日……”

“却没有去那儿，是吗？”哈利握着他的朋友的手，反问道，“不，杰克，是你，你的伤口刚刚恢复，是你，没有浪费一天，一个小时，使我们在煤矿里被找到时还活着！”

“好了，别这么说！”固执的小伙子迅速地反驳，“我不会让你说根本没有的事！我能这么赶紧，是想弄清你究竟怎么了，哈利，就这些。但是，为了使大家知道该感激谁，我要补充说，如果没有那个抓不住的小妖精……”

“啊！我们想到一起了，”西蒙叫道，“一个小妖精！”

“一个小妖精，一个鬼怪，一个仙女的儿子，”杰克·瑞恩反复说，“一个灯塔夫人的孙子，一个乌瑞斯克。总之，随便您怎么说！一点不假，没有他，我们怎么也不会走入你们那时再也没法从那儿出来的那个平巷！”

“毫无疑问，杰克，”哈利答道，“还得弄清的是，这个人是否像你想相信的那样超自然。”

“超自然！”杰克·瑞恩叫起来，“可他就像一个家神一样超自然，看见他拿着风灯奔跑，想追上他，他像一个空气中的精灵那样躲开你们，又像一个影子那样消失！别着急，哈利，总有一天会再次看见他的！”

“好吧，杰克，”西蒙说，“管他是不是家神，我们将尽力找到他，而你，必须在这件事上帮助我们。”

“您会做一笔亏本买卖的，福特先生！”杰克·瑞恩答道。

“行！等着瞧吧，杰克！”

大家不难想象，新阿柏福伊尔这块地方怎样很快地被福特一家所熟悉，尤其是被哈利所熟悉。后者熟悉了那儿最最神秘的弯道。他甚至可以说出地面上的某一点正好是煤矿的这一点或那一点。他知道在这片煤层上面伸展着克利德海湾，在那儿，展延着柔梦湖或卡特林湖。这些柱石，是它们支撑着格兰皮恩峰的一道山梁分支。这个拱顶，是敦巴顿的基岩。在这宽大的池塘顶上通着巴劳契的铁路。在那儿，是苏格兰海岸的终点。那儿，是大海的起点，在春分或秋分的大风暴中，可以清晰地听到轰隆轰隆的声音。哈利简直可以说是这些天然地下墓穴的出色“向导”，而且，阿尔卑斯山雪顶上的向导在充足的光线下所做的事，他以一种无与伦比的出自本能的准确，在漆黑一片的煤矿里都能做到。

所以他爱它，这新阿柏福伊尔！多少次，他帽子上带着灯，冒险深入新阿柏福伊尔最深最深的地方。他灵巧地驾着一条小船勘探它那些池塘。他甚至打针尾鸭、沙锥、海番鸭，因为许多野鸟飞进了这地下室，它们以鱼为食，这些黑水里挤满了鱼。哈利的眼睛似乎是为这黑暗的空间生就的，就像海员的眼睛是为远处的地平线生就的。

然而，在这样的奔跑中，哈利像是被找到那个神秘的人的希望不可抗拒地牵引着，这人的介入，说实在话，不止是救了他还救了所有别的人。他能找到他吗？能，因为他相信自己的预感，深信不疑。不能，因为直到那时他的寻找仍收效甚微。

至于在新阿柏福伊尔被发现前，那些指向老工头一家的袭击，未见重演。

在这奇特的领域内事情就是这样的。

不要以为，在煤城的草图刚刚画就时，一切娱乐就都和这地下城市无缘了，在那里的生活枯燥单调。

绝不是那样。这群居民，有着同样的兴趣，同样的爱好，几乎同样富裕，实际上组成了一个大家庭。人们互相熟悉，互相接触，极少感到需要去外面寻找什么娱乐。

何况，每个星期天，在煤矿里散步，在湖上和池塘上郊游，同样是愉快的消遣。

马尔科姆湖岸上还常常响起风笛声。苏格兰人在他们的民族乐器的召唤下赶来了。人们跳着舞，而那天，穿着高地人服装的杰克·瑞恩是节日之王。

总之，从这一切中可以得出，按西蒙的说法，煤城已经能和苏格兰的首府一争短长，那个城市冬天受严寒之苦，夏日受酷暑之苦，由于恶劣的气候天时不正，空气被工厂里的烟污染，再确切不过地证实了它的绰号“老烟城”。

第十四章
千钧一发

生活在这样的环境中，最珍贵的愿望得到了满足，西蒙一家很幸福。然而，可以看到，性格已经有点阴郁的哈利，如麦德琪所说，正变得越来越“内向”。杰克·瑞恩，尽管他那愉快的情绪那么具有感染力，却未能使他变得“外向”。

一个星期天——那是6月份——两个朋友在马尔科姆湖畔散步。煤城停工休息。在外面，正下着暴风雨。猛烈的雨点使地上冒出热的水汽。在郡的地面上人们都透不过气来。

电盘射出一种令不列颠的太阳也必定羡慕的光，被浓雾笼罩的太阳不适宜当星期天的太阳。

杰克·瑞恩提醒他的朋友哈利注意那嘈杂地聚集在一起的观光者。但后者似乎对他的话不太在意。

“瞧啊，哈利！”杰克·瑞恩叫了起来，“那么热忱地来看我们！我们去，我的朋友！驱散一点你那忧伤的念头以更好地为我们这地方争光！你这样会使所有这些上面的人想到，有人可能在羡慕他们的命运！”

“杰克，”哈利答道，“别管我！你快乐就相当于两个人快乐，这就够了！”

“让魔鬼把我带走！”杰克·瑞恩迅速反驳，“如果我不能对你的忧郁感同身受！我的眼睛在变得阴郁，我的嘴也在绷紧，笑声留在我的喉咙深处，记忆里的歌离我而去！说吧，哈利，你怎么了？”

“你知道的，杰克。”

“总是那个念头？”

“总是。”

“啊！我可怜的哈利！”杰克·瑞恩耸耸肩膀回答，“如果，像我一样，你把这一切算到矿里的小妖精的账上，你心里就平静些了！”

“你很清楚，杰克，小妖精只存在于你的想象中，再说，自从工程恢复以来，在新阿柏福伊尔再也没见到一个。”

“但愿如此，哈利！但是，如果鬼怪不再出现，我觉得你想把所有这些非常事件归因于他们的那些人更不会出现！”

“我会找到他们的，杰克！”

“啊！哈利！哈利！新阿柏福伊尔的那些精灵可不是容易被突然发现的！”

“我会找到他们，你所谓的那些精灵！”哈利以满怀信心的语气接着说。

“所以，您想要惩罚……”

“惩罚和报答，杰克。如果有一只手曾把我们关在这条平巷里，我不会忘了另一只手曾救了我们！不，我决不会忘了他！”

“唉！哈利！”杰克·瑞恩答道，“你完全有把握那两只手不是属于同一个身体吗？”

“为什么，杰克？你怎么会有这种想法？”

“当然啰……你知道……哈利！那些生活在深渊里的人……跟我们长得不一样！”

“他们长得跟我们一样，杰克！”

“阿不！哈利……不……再说，能不能设想有什么疯子钻了进来……”

“一个疯子！”哈利答道，“一个思想这么连贯的疯子！一个疯子，这坏蛋从他弄断耶鲁矿井的梯子那天起，没有停止过伤害我们！”

“但他不再伤害了，哈利。三年来，没再次发生任何恶意的行为，无论是对你还是对你的家人！”

“这又算什么，杰克，”哈利答道，“我有预感，这个坏家伙，不管他是谁，没有放弃他的计划。我凭什么对你这么说，这我说不上。同样，杰克，为了新开采地的利益，我要弄清他是谁以及他从哪里来的。”

“为了新开采地的利益？”杰克·瑞恩问，相当吃惊。

“是的，杰克，”哈利接着说，“我不知道我是否弄错，但从这整个事件中我看出有一种与我们相反的利益。我经常想这个问题，而且我不相信我会弄错。你回想一下这一连串难以解释的事件，一桩桩都是有逻辑地连在一起的。那封和我父亲意思相反的匿名信，一开始就证明有一个人知道我们的计划并希望阻止这一计划的实现。史塔尔先生来多查特煤仓看我们。我刚带他进矿就有一块巨石投向我们，而且立即弄断了耶鲁矿井的梯子以切断所有的通道。我们的勘探开始了。一次可能显示有新矿层存在的实验却由于板岩的裂缝被堵死而无法进行。尽管这样，还是作了验证，矿脉被发现了。我们顺原路回来。空气中起了一股强大的气流。我们的灯摔破了。我们周围漆黑一片。但我们还能顺着黑暗的平巷走……再也找不到出口走出去。出口被堵塞了。我们被囚禁起来。好吧，杰克，在这一切中你没看见有一个邪恶念头？是的，有一个人躲在煤矿里，至今未被抓住，但不是如你固执地认为的那样的超自然现象。他力图阻挠我们进入煤矿，出于一种我无法理解的动机。他曾经在那儿……某种预感告诉我他依旧在那儿，而且谁知道他会不会准备什么可怕的打击！——那么，杰克，即使必须以我的生命去冒险，我也要发现他！”

哈利说得满怀信心，深深地震动了他的朋友。

杰克·瑞恩深感哈利说得有理——至少就过去那些事而言。不管这些非常事件的起因是自然的还是超自然的，这些事件是不容置疑的。

不过，勇敢的小伙子没有放弃他对这些事件的解释方式。但他明白哈利决不会认可是某个小精灵介入了这些事件，他把话题突然转向那个似乎跟敌视福特一家互相矛盾的小插曲。

“好吧，哈利，”他说，“如果我必须在某几点上对你说明理由，难道你不和我一样认为，有一个行善的鬼怪在送面包和水给你们时，可能救了你们的……”

“杰克，”哈利打断他的话，答道，“那个你打算把他说成是超自然生灵的救人者，和刚才提到的那个坏蛋一样，都确确实实存在，而且，这两个人我都要找，一直找到煤矿里最远最深的地方。”

“可你有什么能指点你去寻找的迹象呢？”杰克·瑞恩问。

“可能有，”哈利回答，“你听我说，在新阿柏福伊尔以西五英里处，在托着柔梦湖的那段地基底下，有一口天然井，竖直地隐没于矿层腹部内。八天前，我想测探它的深度。然而，当我把测深器放下去时，我正俯在那井口上，我觉得空气在里面起伏，就像是在被翅膀猛烈地拍击。”

“那是什么迷路的鸟进了煤矿下面的平巷。”杰克答道。

“还不止这些，杰克，”哈利接着说，“就在今天早上，我又回到那口井，并在那儿，竖起耳朵听，我相信突然听到了某种呻吟似的声音……”

“一阵呻吟！”杰克叫起来，“你听错了，哈利！那是空气被一下推动……如果不是一个小妖精……”

“明天，杰克，”哈利接着说，“我会知道该怎么对付。”

“明天？”杰克望着他的朋友问。

“对！明天，我将下到那个深渊里。”

“哈利，这是冒险，这么做！”

“不，杰克，我将祈求上帝帮助我下去。明天，我们俩和几个朋友一起去那口井。带一根长的绳索，我将把自己缚在绳上，你要答应通过一个合适的信号把我放下去并把我拉上来——我能信任你吗，杰克？”

“哈利，”杰克·瑞恩摇着头回答，“我会按你的要求去做，可是，我再对你说一遍，你错了。”

“错总比后悔没干好，”哈利语气坚决地说，“好吧，明天早上六点钟，还要悄悄地！再见，杰克！”

于是，为了不再让杰克·瑞恩力图制止他的计划继续往下说，哈利突然离开他的朋友回村舍去了。

但是，应该承认杰克的忧虑一点也不夸张。如果某个怀着敌意的人当哈利去探索时就在那口井的下面，哈利就危险了。然而，有没有可能会那样呢？

“而且，”杰克·瑞恩又想，“为了解释一连串事件为什么要这样自找苦吃？那些事，用矿里的精灵的超自然的干预，就那么容易可以得到解释！”

不管他是怎么想的，第二天，杰克·瑞恩和他队里的三个矿工陪着哈利来到了那口受怀疑的井的井口。

哈利对他的计划什么也没说，既未告诉詹姆斯，也未告诉老工头。杰克·瑞恩那方面也很谨慎，什么也没说。别的矿工见他们出发，以为那只是顺着矿层的竖切面对矿层做一次简单的勘探。

哈利带了一根长绳，有二百英尺长。这根绳并不粗，但很结实。哈利不必靠腕力爬上爬下，只需绳子结实得足以承受他的重量。帮他滑入竖井洞的任务落在他的伙伴们身上，把他从竖井洞里拉出来也靠他们。他们把摇动一下绳子作为信号。

井相当宽，井口的直径有十二英尺。一根梁像一座桥那样横放着，使得绳在滑过它的表面时，得以保持在井的轴线上。他们采取了必需的预防措施，使哈利在下滑时不致撞到侧壁上。

哈利准备好了。

“你仍坚持要探索这个深渊？”杰克·瑞恩低声问他。

“是的，杰克。”哈利回答。

绳索先绕着哈利的腰系上，然后系在他的腋下，使他的身体不致翻倒。

保持这样的状态，哈利的两只手就可自由活动了。他在皮带上吊了一盏安全灯，身上带了一把苏格兰宽刀，插在一个皮鞘里。

哈利朝前走到横梁中央，绳子已绕过了横梁。

然后，他的伙伴们将他滑下去，他慢慢地深入井里。由于绳子微微地转着，他的灯光依次照着井壁的每一个点，于是哈利得以仔细地察看着井壁。

这些井壁由片状煤组成，井壁滑得无法在上面攀登。

哈利算出他在以中等的速度下滑——每秒钟大约一英尺。他因而能看得很清楚，便于准备着对付一切事件。

两分钟后，也就是说大约在一百二十英尺的深处，下滑过程中未发生任何事件。井壁上未见任何侧向的平巷，井壁呈漏斗形渐渐收缩。但哈利觉得从下面上来的空气更清新了——他因此断定井的最下面和地下城下层的某个小巷连通。

绳索始终在滑着。一片漆黑。而且一片寂静。如果一个活人，不管是谁，曾在这神秘又深邃的深渊躲避，那他此时并不在这儿，没有任何活动暴露他的存在。

哈利越下滑越不放心，从套子里抽出了刀，把刀握在右手中。

在一百四十八英尺深处，哈利感到抵达了下面的地面，因为绳子松了，不再展开。

哈利喘了口气。他的担心之一并没发生，即在他下滑时，绳索在他上面被割断。此外，他没发现井壁上有任何可以隐匿什么人的凹处。

井的下端极其狭窄。

哈利取下腰带上的灯，将灯光在地面上移动着。他的推测并没有错。

一条狭窄的小巷贴着井底向外延伸。必须弯下腰才能钻进去，而且必须用手爬行才能顺着小巷前进。

哈利想看一看这条平巷朝哪个方向，是否通到某个深渊。

他躺在地面上开始爬行。但几乎立刻有一个障碍物挡住了他。

他从触觉中感到这个障碍物是一个封住了通道的身体。

哈利由于某种强烈的反感先朝后退，接着又回了过来。

他的感觉没有欺骗他。刚才拦住他的，确实是一个身体。他抓住他，发现他冻僵了，但还没有完全变冷。

他把他拉向他，把他带回井下，将灯光朝他照去，不消说，这只是一会儿的工夫。

“一个孩子！”哈利叫了起来。

在这深渊底下发现的这个孩子还有呼吸，但他的呼吸那么弱，哈利都以为快要停止了。因此必须刻不容缓地把这可怜的小孩带回井口，并把他带到村舍，在那儿，麦德琪会不遗余力地照料他。

哈利忘了别的一切担心，再次整了整系在他腰带上的绳子，把灯吊在腰带上，抱起孩子，用左臂将他贴在自己胸上，并腾出右臂来作为武装。他发出约定的信号，使得绳子缓缓地向上拉。

绳子拉紧了，并开始不快不慢地向上移动。

哈利倍加注意地看着他的周围。现在他不再是一个人在冒着危险。

上行的第一分钟一切顺利，似乎没有任何事件会突然发生，就在这时，哈利听到一阵强风，它使井下深处那儿层空气运动了。他往他身下看，在昏暗中瞥见一个物体在一点点上来，飞过时差点碰到了他。

那是一只巨鸟，他认不出是哪一种，正猛然振翼朝上飞着。

巨大的飞禽停住了，滑翔了一下，接着极其凶猛地扑向哈利。

哈利只有右臂可以用来挡开那只动物的可怕的喙的袭击。

哈利因而抵挡着，一面竭力保护着孩子。但那鸟攻击的不是孩子，而是他。由于受绳索旋转的限制，他没法致命地朝它砍。

战斗持续着，哈利用力大叫，希望他的喊叫能被上面听到。

喊叫被听到了，因为绳子立刻上升得快了。

还剩下八十英尺的高度要攀缘。这时那鸟更凶猛地扑向哈利。后者一刀砍去，砍伤了它的翅膀，那鸟发出一声刺耳的鸣叫，消失于井的深处。

但情况不容乐观，哈利在挥刀向鸟砍去时，划破了绳索，有一股绳现在已经断了。

哈利的头发都直竖起来。

绳索在一点一点折断，这是在距深渊底部一百多英尺的高处！

哈利绝望地喊了一声。

第二股绳由于割断了一半的绳索承载着双倍的负荷撑不住了。

哈利丢了刀，就在绳索将断开的一瞬间，他以一股超人的力量，用右手抓住了上半截绳。但是，尽管他的手腕铁一般有力，他感到绳索在一点一点从他指间滑走。

他本可以牺牲他用一条胳臂抱着的孩子，用两只手再次抓住这根绳……他甚至都没想过这样做。

但是，杰克·瑞恩和他的伙伴们，在哈利喊叫的过度刺激下，更拼命地往上拉。

哈利觉得他没法支撑到重新上到井口了。他脸上充血，有一瞬间闭上眼睛，等着掉入深渊，然后他又睁开眼睛……

然而，就在他将松开绳索，因衰竭到极点再也抓不住时，他被抓住了，并连同孩子被放到了地上。

哈利这时才反应过来，他倒在他的朋友们的臂弯里失去了知觉。

第十五章
耐儿在村舍

两小时后，尚未恢复知觉的哈利，还有那奄奄一息的孩子，在杰克·瑞恩和他的伙伴们的帮助下到了村舍。

在那儿，他们向老工头讲了这些事件，而麦德琪则不遗余力地照料着她儿子刚刚救起的那个可怜的人。

哈利曾以为他从深渊里带出来的是个男孩，但那是个少女，最多十五六岁。她的眼神迷离，充满恐惧。她瘦削的脸在苦难中被拉长了，她那长着金黄色头发的脸上的颜色，似乎从未浸浴于光亮中，她的身材单薄瘦小，所有这一切使这个人显得既异样又娇媚。杰克·瑞恩把她比作一个外貌有点超自然的精灵，并非一无理由。由于环境特殊，这姑娘可能直到那时都生活在一个异常的环境中，她显得只有一半属于人类。她的面部表情是奇特的。她被村舍的灯光弄倦了的眼睛茫然地望着，似乎所有的一切在她眼里都是新奇的。

这奇特的人，那时正躺在麦德琪的床上，仿佛刚从长眠中苏醒。苏格兰老太太首先向她发话。

“你叫什么名字？”她问她。

“耐儿[①]。”少女回答。

“耐儿，”麦德琪接着说，“你不舒服吗？”

“我饿，”耐儿回答，“我没吃东西，从……从……”

从她说的这少量的词可以感到，耐儿不习惯说话，她使用的语言是那种古老的盖尔语，是西蒙和他的家人经常用的那种语言。

作为对少女的回答，麦德琪立刻为她拿来一些食品。耐儿快饿死了。她在这口井的下面已待了多久？没人能说得上。

“你在那里过了多少天，姑娘？”麦德琪。

耐儿没回答。她似乎听不懂问她的问题。

“多少天？”麦德琪又问。

“天？”耐儿回答，这词似乎对她没有任何意义。接着，她像一个听不懂问话的人那样摇摇头。

麦德琪拿起耐儿的手，慈爱地抚摸着。

“你几岁了，姑娘？”她问，眼睛和善而平静地望着她。

耐儿做出同样的否定信号。

“是的，是的，”麦德琪接着说，“多少年？”

“年？”耐儿答道。

---

① 耐儿是埃莱娜的一种缩写。

这个词，对年轻的姑娘来说，并不比“天”这个词具有更多的意义。

西蒙、哈利、杰克·瑞恩和他的伙伴们同情地望着她。这穿着一件破烂的粗布上衣的可怜的人，简直像个囚犯。

哈利比所有别的人更加不可抗拒地为这个奇怪的耐儿所吸引。

他走向前去，拿起麦德琪刚放下的她的手。他面对面地仔细看着耐儿，她的嘴唇开始露出一种微笑，于是他对她说：

“耐儿……那边……在煤矿里……你是不是一个人？”

“一个人！一个人！”少女挺身叫了起来。

她面露恐惧。刚才在年轻人的注视下变得柔和的那双眼睛又变得充满野性。

“一个人！一个人！”她反复说着，她又倒在麦德琪的床上，就好像她已筋疲力尽了。

“这可怜的孩子还太虚弱，没法回答我们的话，”麦德琪在重新让姑娘躺好后说，“休息几个小时，吃点好的东西，会恢复她的力气。来，西蒙！来，哈利！都过来，朋友们，让她睡个觉！”

在麦德琪的建议下，耐儿被单独留下了，可以肯定，用不了多久，她就会深深地入睡的。

这件事引起了巨大轰动，不仅在煤矿，而且在斯特林郡，不久后在整个联合王国。耐儿的奇特的名声由此扩大着。人们以为被关闭在页岩里的一个少女，就像一个诺亚时代大洪水以前的人一样，一镐挖下就把她从页岩的监狱中解救了出来，因此这事成了无人不知的奇迹。

那些迷信的人在耐儿身上为他们的传奇故事找到了一个新的题目。他们乐意想象耐儿是新阿柏福伊尔的精灵，杰克·瑞恩把这告诉他的朋友哈利。

“也好，”年轻人答道，“作为结论。也好，杰克！不过，不管怎样，这是个善良的精良！是她救了我们，当我们被囚禁在煤矿里时，给我们送来面包和水！那只可能是她！至于那个坏精灵，如果它还在矿里，我们就该在某一天发现它！”

诸位可以料到，工程师詹姆斯首先被告知所发生的这一事件。

年轻的姑娘到村舍的第二天就恢复了体力，被他极其关切地询问着。他觉得她对生活中大多数事都不知道。但她很聪明，大家很快发现了这一点。不过，她缺乏某些基本的概念，时间概念就是其中之一。人们发现她不习惯把时间分成小时，分成天，这些词本身对她就是陌生的。此外，她的眼睛习惯了夜晚，在电盘的光亮下很不适应。但是，在黑暗中，她的视力有一种非凡的锐敏度，她的瞳孔扩得大大的，使她在漆黑中都能看得见。同样得到证实的是，她的脑子从未对外部世界留下印象，她的视野就只有煤矿这么大，对她来说整个人类都被容纳在这地下城里。这可怜的姑娘，她是否知道有一个太阳和星星，有城市和乡村，有着在其中聚集着万物的宇宙？人们不得不因此怀疑在她还不知道某些单词的情况下，她的脑子里能否装进一个确切的意义。

至于要弄清耐儿是否一个人生活在新阿柏福伊尔的深处，詹姆斯不得不放弃对这一问题的解答。确实，有关这个问题的一切暗示都会在这奇特的天性中激起恐惧。或者是耐儿不能，或许是她不愿回答。但是，肯定的是，在那儿存在着她能提示的某个秘密。

“你想不想留在我们这儿？你想不想回到你原来待的地方去？”詹姆斯问她。对这两个问题中的第一个：“啊，是的！”少女说。对第二个问题，她只是发出一声恐怖的叫声作为回答，但仅此而已。

在这固执的缄默面前，詹姆斯，还有和他在一起的西蒙和哈利·福特不由感到某种忧虑。他们无法忘记伴随煤矿的发现曾发生的那些难以解释的事件。然而，尽管三年来没有任何新的事件出现，他们一直等着来自他们那个看不见的敌人的某种新的袭击。他们也想勘探那口神秘的井。他们去了，武装得很好，带着很多人。但他们未找到任何可疑的痕迹。那口井和地下城在含碳矿层中挖出的下面几层相连通。

詹姆斯、西蒙和哈利经常谈起这些事。是否有一个或几个坏家伙躲在煤矿里，他们是否在设下什么圈套。或许耐儿可以说出来，但她不说。对少女的过去做最小的暗示都会引起恐慌，似乎不要强求为好。随着时间的流逝，她的秘密无疑会泄露出来。

耐儿来到村舍两星期后，她成了麦德琪老人的最聪明和最勤快的帮手。显然，永不再离开那么好心地接待了她的这个家，她觉得是极自然的事，甚至不曾想到她今后可能生活在别的地方。福特一家对她来说已足够了，更不要说，在这些善良的人们心目中，自耐儿进入村舍那一刻起，她就成了他们收养的孩子。

确实，耐儿很可爱。她的新生活使她变美了。毫无疑问这是她一生中第一次过上好日子。她的心里充满了对有恩于她的这些人的感激。麦德琪对耐儿产生了一种母性的同情，接着老工头很快也迷恋上了这种感情。此外，所有的人都爱她。朋友杰克·瑞恩只后悔一件事，那就是他没有亲自救她。他常来村舍。他唱着歌，而耐儿，她从未听过唱歌，觉得这美极了。但可以看出年轻的姑娘喜欢哈利的更为严肃的谈话甚于杰克·瑞恩的歌，他一点一点地教她她尚不知道的外部世界的一些事物。

应该说，自从耐儿以自然的形象出现后，杰克·瑞恩发现自己不得不承认他对小妖精的信仰在某种程度上减弱了。此外，两个月后，他的迷信受到了一次新的打击。

确实，就在那时哈利有了一个相当出乎意料的发现，这一发现部分解释了在伊尔文的唐纳德古堡的废墟上出现的灯塔夫人。

有一天，在煤矿南部做了长时间勘探之后——已经持续了几天的勘探穿过了这个庞大的地下建筑的最后几条平巷——哈利费力地登上了一条狭窄的平巷，这平巷是在板岩的间距中被镂空的。突然，他大吃一惊地发现自己处在露天了。那条平巷，在歪歪斜斜地攀上地面后，其终点正好是唐纳德城堡的废墟。因而，在新阿柏福伊尔和被古堡覆盖的山丘之间存在着一条秘密的通道。从外部是无法发现这条平巷上面的出口的，因为它被石块和荆棘堵得那么严密。所以，法官们在侦查时不可能走进里面去。

几天后，詹姆斯在哈利的带领下，亲自来察看煤矿矿床的这一天然的布局。

“这件事，”他说，“可用来说服矿里那些迷信的人。再见吧，那些鬼怪、小妖精和灯塔夫人！”

“我不认为到了可以庆祝的时候，史塔尔先生，”哈利回答说，“它们的后继者不会比它们更好而且可能更糟，肯定的！”

“确实，哈利，”工程师接着说，“可在这个问题上该怎么做呢？很显然，藏在矿里的不管是些什么样的人，是通过这条平巷和地面连通的。毫无疑问，就是他们，在那个暴风雨的夜晚，手持火把，引诱‘摩塔拉’撞到海岸上，而且，跟以前的灾后遗物抢劫者一样，如果那时杰克·瑞恩和他的伙伴们不在那儿，他们本来早就偷走了那些残物！不管是因为什么，总之，一切都解释清楚了。巢穴的出口就在这儿！至于住在里面的人，不知现在是否还住在那儿。”

“还在那儿，因为耐儿一听到人家向她谈起这就发抖！”哈利确信地回答，“是的，因为耐儿不愿或不敢讲这件事！”

哈利可能是对的。如果煤矿的神秘客人已经离开了那儿，或者死了，年轻的姑娘有什么理由要保持沉默呢？

然而，詹姆斯坚持要深入了解这个秘密。他预感到今后的新的采掘是否能顺利进行可能将取决于此。大家因此重新采取了最最严格的预防措施并且通知了法官。警察秘密地占领了唐纳德城堡的废墟。哈利亲自在密布于那座山丘的荆棘丛中埋伏了几个晚上。什么也没发现。没有一个人穿过那个出口出现。

很快就得出了这样的结论：那些坏蛋可能最终离开了新阿柏福伊尔，还有，关于耐儿，他们可能以为她已死在他们将她弃于的那口井的下面。在开采之前，煤矿可能曾为他们提供了一个可靠的庇护所，躲开了一切搜查。但是，从那以后，环境再也不像以前那样了。要隐藏这个窝变得困难了。因此，人们有理由相信不必再对未来感到惊惶不安。然而，詹姆斯并不完全放心，哈利，也一样，无法让步，于是他经常反复说着：

“耐儿显然曾掺和在这整个秘密中。如果她没有任何东西要害怕，为什么她保持着沉默？不必怀疑她和我们在一起是否幸福！她爱我们每一个人！她崇拜我母亲！如果她对她的过去，对那些能使我们对将来不再担心的事保持沉默，那是很可怕的！她的意识禁止她揭穿的秘密压在她的心上！也可能，更多的是为我们的利益而不是为她的利益，她认为应该把自己关闭在这难以解释的缄默之中！”

经过了各种斟酌后，大家一致同意，以回避一切可能唤起年轻的姑娘回忆过去的那些谈话为宜。

然而，有一天，哈利不得不教耐儿认识詹姆斯、他父亲、他母亲和他本人认为应该让她知道的那些东西。

那是个节日。斯特林郡的地下和地面上一样不干活。在新阿柏福伊尔声学功能良好的拱顶下，有二十个地方在响着歌声。

哈利和耐儿离开了村舍，慢慢地沿着马尔科姆湖的左岸前进。在那儿，电灯光投射得不太强，而且在支撑穹丘的几块风景如画的峭壁的角落里，光束碎成了各种各样的形状。这种半明半暗更适宜耐儿的眼睛，这双眼睛极不适应光亮。

走了一个小时后，哈利和他的同伴在圣吉尔斯小教堂前停了下来，这小教堂建在一个俯临着湖水的天然平台上。

“你的眼睛，耐儿，还不习惯阳光，”哈利说，“而且它们肯定承受不了太阳的光芒。”

“不能，毫无疑问，”少女回答说，“如果太阳像你对我描绘的那样，哈利。”

“耐儿，”哈利接着说，“在我告诉你时，我无法让你对你的眼睛从未观察过的这个宇宙的光辉和美丽有一个确切的概念——但告诉我，从你在煤矿深处出生那天起，你从来没有登上过地面，这是真的吗？”

“从来没有，哈利，”耐儿回答说，“而且我并不认为小时候父亲或母亲曾抱我到外面去过。否则，我肯定会对外面留下一点记忆的！”

“我相信这一点，”哈利答道，“再说，在那个时候，耐儿，很多别人跟你一样从不离开矿。到外面去的路很难走，我知道不止一个小伙子或姑娘，他们在你这个年龄还不知道你所不知道的地面上的一切事物！但现在，几分钟里，大隧道里的铁路就能把我们带到郡的地面上。耐儿，我因此急于想听你对我说：‘来吧，哈利，我的眼睛能承受阳光，我愿意看见太阳！我愿意看见上帝的杰作！’”

“我会对你说的，哈利，”少女回答说，“不会太久，我希望。我将和你一起去欣赏那外部的世界，不过……”

“你想说什么，耐儿？”哈利急忙问，“你是否有点遗憾离开了那黑暗的深渊，你在那儿度过了你生命的最初岁月，我们把你从那里带出来时你都快死了。”

"不，哈利，"耐儿答道，"我只是想，黑暗也是美的。要是你能学会用习惯于最最黑暗的眼睛看见其中的一切就好了！一掠而过的阴影让人想要追寻！交错排列的圆圈让人想永远凝视！在煤矿的井下，有三个黑洞，充满了模糊的光亮。还听得见一些声音在跟你说话！明白吗，哈利，必须曾在那儿生活过才能懂得我所感觉到的，我无法向你表达的那些东西！"

"你一个人时不怕吗，耐儿？"

"哈利，"年轻的姑娘答道，"我不怕的时候，是只有我一个人的时候。"

耐儿的嗓音在说这些话时略微有点改变，然而哈利认为应该对她稍加压力，于是他说：

"不过在这些长长的平巷里会迷路的，耐儿，你就不怕在那儿迷路吗？"

"不，哈利。很久以来，我就认得新煤矿的所有的拐弯了！"

"你偶尔从那儿出去吗？"

"是的……偶尔……"少女犹豫着回答，"偶尔，我一直来到阿柏福伊尔的老矿。"

"那你认得老的村舍？"

"村舍……是的……不过，只是从很远的地方看见，那些住在村舍的人！"

"那是我父亲和我母亲，"哈利回答说，"那是我！我们永远不愿放弃我们的老家！"

"可能那儿对你们更有好处……"少女低语着。

“可为什么，耐儿？是不是因为我们固执地不肯离开那儿，我们才能发现新的矿床？而这一发现可以为一群人带来幸福，他们在这儿通过劳动能达到小康。对你而言，耐儿，重获新生的你，又可以发现一些完全属于你的心！”

“对我！”耐儿急急回答，“是的！不管会发生什么！对别人……谁知道？”

“你想说什么？”

“没什么……没什么……但曾有过危险，那时候，在新煤矿！是的！极大的危险！哈利！有一天，一些不谨慎的人进入了那些深渊。他们走得远远的，很远很远！他们迷了路……”

“迷了路？”哈利望着耐儿问。

“是的……迷了路……”耐儿回答，嗓音发抖，“他们的灯熄了！他们没法找到路……”

“于是在那儿，”哈利叫道，“被囚禁了漫长的八天，耐儿，他们曾濒临死亡！要不是上帝给他们派来了一个救援的人，可能是一个天使，她悄悄地给他们送来一点吃的，如果没有一个神秘的向导把他们的救援者引到他们身边，他们将永远出不了那座坟墓！”

“可你是怎么知道这件事的？”年轻的姑娘问。

“因为那些人，那是詹姆斯……那是我父亲……那是我，耐儿！”

耐儿抬起了头，抓住年轻人的手，她那么目不转睛地看着他，后者都从心底深处感到局促不安了。

“你！”少女又说了一遍。

“是的！”哈利回答，沉默了一会，“而使我们的生命获救的那个人，是你！耐儿！那只可能是你！”

耐儿不由把头埋在两只手中，不做回答。哈利从未见过她这样强烈地感动。

“救了你的那些人，耐儿，”他用激动地嗓音补充说，“你也救了他们的命，你以为他们可能忘记吗？”

第十六章
在荡梯上

其时，新阿柏福伊尔的采掘工程带来了巨额利润，不用说，工程师詹姆斯和西蒙——这富饶的煤田的最早的发现者——大量地分享了这些红利。哈利因此也分得了一份。但他不太想离开村舍。他已经接替了他父亲的工头职务并兢兢业业地监督着那整个矿工阶层。

杰克·瑞恩为这整笔财富归于他的朋友感到骄傲和高兴。他也一样，赚了不少钱。两人经常见面，或是在村舍，或是在井下工程上。杰克·瑞恩并非没有觉察哈利对那少女的感情。哈利不承认。但当他的朋友摇头否认时，杰克·瑞恩便哈哈大笑。

应该说杰克·瑞恩最强烈的意愿之一便是陪同耐儿第一次走上郡的地面观光。他希望看到她面对她从未见过的那个大自然时的那种惊奇，那种赞赏。他很希望哈利在这次游览时把他也拉去。然而，直到那时后者还未向他提出这样的建议——这不由使他有点不安。

有一天，杰克·瑞恩走下一个连通煤矿下层和地面的通风井。他已经抓住了一架荡梯，这些梯子通过振荡升高和降下，可让人上下时毫不费力。器械的二十次振荡使他下了约一百五十英尺，当他在狭窄的楼梯平台上就位时，他遇到了正上到地面工程去的哈利。

"是你？"杰克说，看着被矿井的电灯光亮照着的他的朋友。

"是的，杰克，"哈利答道，"很高兴看见你。我有一个建议要对你说……"

"我什么也不听，在你告诉我耐儿的消息之前！"杰克·瑞恩叫道。

"耐儿身体很好，杰克，而且好得很，在一个月或一个半月后，我希望她……"

"你将要她，哈利？"

"你不知道你在说些什么，杰克！"

"有可能，哈利，但我很清楚我将做什么。"

"你将做什么？"

"我将娶她，我；如果你，你不娶她！"杰克反驳说，一面哈哈大笑，"圣芒戈保佑我！但她讨我喜欢，可爱的耐儿！一个年轻又善良的人，她从未离开过矿，这正是一个矿工该娶的妻子！她是孤女，如同我是孤儿；只要你并不真的想她，而她也仅愿意做你的朋友，哈利！"

哈利认真地看着杰克，任他去说，甚至不打算回答他。

“我说的这些不使你嫉妒，哈利？”杰克·瑞恩用多少有点严肃的语调问。

“不，杰克。”哈利平静地回答。

“可是，你从没想过让她永远做老姑娘？”

“我从没想过。”哈利回答。

这时，梯子来了一次振荡，要让两个朋友分手了，一个往下，一个登上矿井。然而，他们并未分开。

“哈利，”杰克说，“你以为我刚才对你说的关于耐儿的话不认真吗？”

“不，杰克。”哈利回答。

“那么，我就要这么做了！”

“你，说得严肃点！”

“我善良的哈利，”杰克答道，“我得给一个朋友一个忠告。”

“说吧，杰克。”

“好吧，你听着！你正以耐儿完全配得上的爱爱着她，哈利！你父亲老西蒙，你母亲老麦德琪，也爱她，就像她是他们的孩子，而且，你几乎不需做什么就能完全使她成为他们的女儿！——为什么你不娶她？”

“你说到了这一步，杰克，”哈利答道，“你知不知道耐儿的感情？”

“没有人不知道，甚至包括你，哈利。而这使你对我，对别人都绝不嫉妒——梯子要下去了，而……”

“等一下，杰克。”哈利说，一面留住他的朋友，后者的脚已经离开楼梯平台要往活动的梯级上放。

“好，哈利，”杰克笑着叫道，“你要弄得我不上不下了。”

“严肃地听着，杰克，”哈利答道，“因为，就我来说，我是严肃地说的。”

“我听着……直到下一次振荡，但不能再等了！”

“杰克，”哈利接着说，“我绝不隐瞒我爱耐儿。我最强烈的愿望就是使她成为我的妻子……”

“这，说得好。”

“但是，如果她仍是那样，我良心上似乎有一个愿望，去要求她做一个可能不可改变的决定。”

“你想说什么，哈利？”

“我想说，杰克，耐儿从未离开过煤矿深处，她就生在那儿，毫无疑问。她什么也不知道，她对外界什么也不知道。她都要用眼睛去学，可能还要用心去学。当新的印象在她心里产生，谁知道她会怎么想？她对人世还一无所知，而且我觉得，在她充分了解情况，下决心更喜欢煤矿的生活之前，那么做将是欺骗她——你明白我的意思吗，杰克？”

“是的……模模糊糊地……我更明白你又要使我漏掉下一次振荡了！”

“杰克，”哈利用严肃的声音答道，“即使这些器械永远不再运转，即使这楼梯平台将在我们脚下滑脱，你都得听着我要对你说的话！”

“好极了！哈利。我可真喜欢听人对我说话！你是说在娶耐儿前，你要把她送到老烟囱的某所寄宿学校去？”

“不，杰克，”哈利答道，“我完全能亲自给她教育，使她成为我未来的妻子。”

“而这只有更好，哈利！”

“然而，事前，”哈利接着说，“我希望就像我刚才对你说的，耐儿能对外部世界有一个真实的认识。有一个比较，杰克。如果你爱上一个失明的姑娘，而要是有人来对你说：‘一个月后，她将治愈！’你会等到她治愈后再娶她吗？”

“会的，毫无问题，会的！”杰克·瑞恩回答说。

“那么，杰克，耐儿还不是瞎子，而在我娶她为妻前，我希望她完全明白，她更喜欢并接受的是我，是我的生活状况。我希望她的眼睛终于能在阳光下睁开！”

“对，哈利，对，太好了！”杰克·瑞恩叫道，“我现在才明白了你。那什么时候动手术？”

“一个月后，杰克，”哈利回答说，“耐儿的眼睛正在一点点习惯我们的电盘的光亮。这是一种准备。一个月后，我希望，她将看见大地和它的奇迹，天空和它的光辉！她将知道大自然给予人类的视觉的地平线要远于一个黑暗的煤矿所给的地平线！她将看见宇宙的边界是无限的！”

不过，当哈利任自己的想象驰骋时，杰克·瑞恩离开了楼梯平台，跳到了器械的振荡梯级上。

“嘿！杰克，”哈利叫道，“你在哪儿？”

“在你下面，”快乐的伙伴笑着回答说，“你飞快上升时，我在极速下降！”

“再见，杰克，”哈利答道，一面自己也紧紧拉住上升的荡梯，“我要你记住，别把我刚才对你说的话对任何人说！”

“不会对任何人说！”杰克·瑞恩叫道，“但有一个条件……”

“什么条件？”

“那就是，在耐儿第一次去游览地球的表面时，让我陪你们俩去！”

“好的，杰克，我答应你。”哈利答道。

器械的一次新的搏动又把两个朋友之间的距离大大拉开了。他们的声音只能极轻地从一方传到另一方。

然而，哈利还能听到杰克在叫：

“而当耐儿看见了星星、月亮和太阳时，你知道比起这些来，她将更喜欢什么吗？”

“不知道，杰克！”

“更喜欢你，我的朋友，依旧是你，永远是你！”

杰克·瑞恩的声音终于在最后一阵“乌拉”声中消失了。

于是，哈利把所有的空余时间用来教育耐儿。他教她读、写——年轻的姑娘在各种学习中都进步迅速。简直可以说她是本能地“学会”。从未见过有更强的智力能更快地战胜一种同样彻底的无知。她周围的人都感到吃惊。

西蒙和麦德琪日益感到离不开他们收养的这个孩子，然而她的过去仍使他们担忧。他们很清楚哈利对耐儿的感情属于什么性质，但这绝没使他们不高兴。

大家还记得在工程师首次访问旧村舍时老工头曾对他说：

“为什么我的儿子将结婚？上面有哪个人适合一个必须在深矿下生活的小伙子！”

好吧，上帝不是给他送了一个唯一能适合他儿子的伴侣来吗？这不就像是上苍对他的一个恩赐吗？

因此，老工头决心，如果这婚礼举行，那一天，在煤城将有一个对新阿柏福伊尔的矿工们具有划时代意义的节目。

老工头没想到他完全说中了！

还得说一下，另一个人同样热切地期望着耐儿和哈利这一对的结合。那就是工程师詹姆斯。诚然，这两个年轻人的幸福，高于一切，但某种动机，来自一种更全面的关心，可能也在把他朝这个方向推。

大家知道，詹姆斯仍有某些担心，尽管目前再没有任何迹象在证实这些担心。然而，曾发生的事还可能发生。新煤矿的这个谜，耐儿显然是唯一的知情者。然而，如果在阿柏福伊尔的矿工中可能潜伏新的危险，在连其原因都不知道的情况下，如何来预防这些可能性？

“耐儿不愿说，”詹姆斯经常重复着，“她可以对所有别的人保持着沉默，总不会对她的丈夫长期保持沉默！那个危险威胁着我们这些人也威胁着哈利。因此，既能使夫妇幸福又能使他们的朋友们安全的婚姻是桩好婚姻，世上没有比这更好的事了！”

如此推理，工程师詹姆斯不无某种逻辑。这一推理，他甚至讲给老西蒙听过，对方也有同感。因此，似乎没什么会反对哈利成为耐儿的丈夫了。

而谁又能反对得了呢？哈利和耐儿相爱着。年老的父母并不想儿子有别的伴侣。哈利的朋友们羡慕他的幸福，并很明白这一幸福完全应该属于他。年轻的姑娘只属于她自己，只要她自己愿意就行，不需要取得别人同意。

但是，如果说没人能阻挠这桩婚事，那为什么当电盘在休息时熄灭，黑夜降临工人居住区，煤城的居民们回到了他们的村舍后，从新阿柏福伊尔的一个最黑暗的角落里，一个神秘的人溜进了黑暗中？是什么本能引导这个幽灵穿越某些人们以为不可能穿越的那么狭窄的平巷？为什么这谜一般的人，其眼睛能穿透最深沉的黑暗，爬行着来到马尔科姆湖的岸上？为什么他如此固执地朝着西蒙的住所前进，而且是如此谨慎，以至那时始终能躲过一切监视？为什么他把耳朵贴在窗户上偷听？

而且，当某些话传到他耳里时，为什么他竖起了拳头要威胁那宁静的家？为什么最后从他那张因愤怒而挛缩的嘴里滑出这几个字：

“她和他，永远休想！”

第十七章
一次日出

一个月后——那是8月20日晚上——西蒙和麦德琪向四个准备离开村舍的旅行者致以美好的祝愿。

詹姆斯、哈利和杰克·瑞恩将带耐儿走上一块她的脚从未行走过的土地，走进她的眼睛还不认识其光线的光彩夺目的地带。

游览将持续两天，詹姆斯和哈利意见一致，希望在外面度过了四十八小时后，年轻的姑娘能看见她在黑暗的煤矿里无法看到的一切，即地球的各种面貌，由城市、平原、山脉、河流、湖泊、海湾、大海组成的一幅回转画在她眼前展示出来。

然而，在苏格兰的这一部分，包括在爱丁堡和格拉斯哥之间，大自然似乎想最精确地把这些人间美景集中在一起，天空向远方无限延伸，带着它不停变化的云朵，明朗或朦胧的月亮，光芒四射的太阳，密布着的星星。

游览计划正是为了满足这一节目单而安排的。

西蒙和麦德琪虽非常高兴陪着耐儿，但是，大家都知道，他们不愿离开村舍，于是，最终他们还是无法下决心离开他们在地下的家，哪怕是一天。

詹姆斯去那儿是以观察家、哲学家的身份，从心理学的观点看，他极渴望观察耐儿的幼稚的感受——甚至可能突然发现一些她童年曾介入其中的神秘事件。

哈利则不无忧虑地思忖，外部世界的迅速启蒙会不会让他爱着的并直到那时他了解的这个姑娘变成一个完全不同的人。

至于杰克·瑞恩，快乐得像一只在清晨的阳光下飞来飞去的燕雀。他非常希望他的有感染力的快乐传给他的旅伴们。这将是对他受邀的一种回报方式。

耐儿沉思冥想着。

詹姆斯不无理由地决定在晚上出发。确实，最好是让年轻的姑娘不知不觉渐渐从夜晚的黑暗进到白天的光亮中。这样安排就能取得这种效果，因为，从午夜到中午，她将经受黑暗和光亮相继的阶段，她的目光对此将能一点点地习惯。

在离开村舍时，耐儿抓住哈利的手，对他说：

“哈利，我真的必须离开我们的煤矿？尽管只是几天。”

“是的，耐儿，”年轻人答道，“必须这样！对你对我都必须这样！”

“可是，哈利，”耐儿接着说，“自从你收留了我，我不可能更幸福了。你给了我教育。这还不够吗？我到那上头去干什么呢？”

哈利望着她没回答。耐儿表达的这些想法几乎就是他的想法。

“我的女儿，”这时詹姆斯说，“我理解你的犹豫，但你和我们一起来是有好处的。你爱的那些人陪伴着你，而且他们将带你回来。在这之后，你愿意继续生活在煤矿里，像老西蒙，像麦德琪，像哈利那样，由你决定。我不怀疑应该这样做，而且我赞成你。但至少，你能比较你所放弃的和你所取得的，并完全自由地行动。来吧！”

“来吧，我亲爱的耐儿。”哈利说。

“哈利，我跟你走。”年轻的姑娘答道。

九点钟，隧道的最后一班火车把耐儿和她的同伴们带向郡的地面上。二十分钟后，火车把他们带到了从敦巴顿到斯特林铁路沿线的那个小交叉口的车站。

夜色已浓。从地平线到天顶，一些不太密集的蒸气在一股为空气带来凉意的西北风的吹动下，仍在天空高处奔驰着。白天曾是美丽的。夜晚应该同样美丽。

到了斯特林后，耐儿和她的旅伴们不再乘火车，立即从车站出来。

在他们面前，大树之间，伸展着一条通向沃斯河河岸的路。

少女体验到的第一个身体上的感受，是她的肺部贪婪地吸进纯净的空气时的那种感受。

“好好呼吸，耐儿，”詹姆斯说，“呼吸乡下的这种有各种怡人香味的空气！”

“在我们头上奔驰的这些大块的烟是什么？”耐儿问。

“这是云，”哈利答道，“这是一些半冷凝的蒸气在被风朝西推动。”

“啊！”耐儿说，“我多么喜欢感到自己被卷进它们宁静的旋涡中！——那些穿过它们的裂缝发出光辉的闪烁的点是什么？”

“那就是我对你说过的星星，耐儿。有多少个太阳，就有多少个世界的中心，可能跟我们的一样。”

这时，随着风将云朵吹走，那些星座在蓝黑色的苍穹上呈现得更清晰了。

耐儿看着密布在她头顶上的那成千上万的发光的星星。

“可是，”她说，“这是些太阳，我的眼睛怎么能受得住它们的光亮？”

“我的女儿，”詹姆斯回答说，“这确实是些太阳，不过是些在很远很远的距离外因万有引力移动着的太阳。在这成千上万的星球中靠得最近的，它的光辉一直照到我们身上的，就是那个天琴星座，就是你看见的几乎在天顶上的那个，它距我们尚有五十万亿里格[①]。因此它的光辉不能影响你的目光。但我们的太阳明天在仅离我们三千八百万里格的地方升起时，没有一只人的眼睛能够盯住它看，因为它比大火炉里的火更为灼烈。但来吧，耐儿，来吧！”

大家上了路。詹姆斯用手拉着年轻的姑娘。哈利走在她的身旁。杰克·瑞恩像一条年轻的狗一样来来回回，对他的“主人

① 里格：旧时长度单位，1 里格≈5 公里。

们”的慢步感到不耐烦。

路上荒无一人。耐儿看着在阴影中被风吹动着的大树的侧影。她很自然地把它们当作在做着许多手势的几个巨人。高高的树枝上风声飒飒，风止时便万籁俱寂，当大路穿过一片平原时，那条地平线便变得更明显了，她完全浸润在新鲜的感觉中并在心里留下了不可磨灭的印象。开始时提了几个问题后，耐儿不再作声，而她的旅伴们则一致地尊重她的沉默。他们绝不愿以话语影响这少女的感受。他们宁愿任这些概念在她的心里自发地产生。

大约十一点半时，他们到了沃斯湾北面的河岸。

詹姆斯租下的一条小船等在那儿。这船将在几个小时里把他和他的旅伴们载到爱丁堡港。

耐儿看见闪着亮光的水在激浪的作用下在她脚下起伏着，就像布满着微微颤抖的星星。

“这是一个湖吗？”她问。

“不，”哈利答道，“这是个宽大的活水海湾，这是一条河的口子，这有点像大海的一条胳臂。你用掌心捧起一点这种水来，耐儿，你会发现它不像马尔科姆湖的水那样是甜的。”

少女俯下身，将手浸在涌上来的波涛里，然后把手放到唇上。

“这水是咸的。”她说。

“对，”哈利答道，“海水一直回流到了这里，因为在涨潮。我们的地球的四分之三被你刚才喝了几滴的这种咸水覆盖着。”

“但如果河里的水只是海里的水，都是由云向它们灌注的，为什么它是甜的？”耐儿问。

“因为水通过蒸发除掉了咸味，”詹姆斯回答，“云只能通过蒸发形成，并以雨的形式把这种甜水灌到海里。”

“哈利，哈利！”这时，年轻的姑娘叫了起来，“燃烧着地平线的那种发红的光是什么？是不是一片森林失火了？”

耐儿指着天的一角，在东边染上了颜色的低低的云层之中。

“不，耐儿，”哈利答道，“那是在升起的月亮。”

“是的，月亮！”杰克·瑞恩叫道，“一个漂亮的银盘，天上的神灵让它在苍穹中行走，它像搜集硬币一样搜集了所有的星星！”

“说得对，杰克，”工程师笑着回答说，“我还不知道你有这种大胆独创的比喻的爱好！”

“嘿！史塔尔先生，我的比喻是正确的！您看见了月亮一边前进星星一边消失。我因此推断星星掉到它里面去了！”

“这就是说，杰克，”工程师答道，“是月亮以它六倍大的光亮熄灭了星星，这就是为什么后者在它经过时消失了。”

“这一切真美！”耐儿不断地说，双眼放出光芒，“但我本来以为月亮是圆圆的。”

“它在满月时是圆的，”詹姆斯回答说，“也就是说当它处在太阳对面时。不过今天夜里，月亮只剩下它最后的四分之一，它已经折断了，所以我们的朋友杰克的银盘只能是一个剃胡子的盘子了！”

“啊！史塔尔先生，”杰克·瑞恩叫道，“多么不相称的比喻啊！我本来正要唱一首赞颂月亮的歌：运行的月亮来爱抚……啊不！现在没法唱了！您的剃胡子的盘子打断了我的灵感！”

其实，月亮渐渐地升到了地平线之上。最后的那些蒸气在它前面消失了。在西方的天顶，星星还在浓黑中闪耀着，月亮将使它们一点点变得苍白。耐儿默默地出神地看着这令人赞叹的景色，她的目光毫不疲倦的经受着这柔和的银色的光，但她的手在哈利的手中抖着，表达着她要说的话。

“上船吧，朋友们，”詹姆斯说，“我们得在日出之前抵达亚瑟王座的山坡！”

小船系在河岸上的一座木桥上。一个内河船船员守着它。耐儿和她的旅伴们在船上就座。帆张了起来，被西北风吹得鼓鼓的。

年轻的姑娘这时感到的是一种什么样的新印象啊？她在新阿柏福伊尔的湖上坐过几次船，但被哈利的手搅动的那把桨总是使划桨者的努力事倍功半。在这儿，耐儿第一次感到被一种几乎和气球在空中滑行同样柔和的动力牵引着。海湾就像一个湖那样平坦。耐儿半躺在船后，任自己摇晃着。不时地，在船突然驶偏时，月光透过沃斯河的河面，于是小船就像行驶在一块闪闪发光的金色桌布上。小小的水波沿着船底唱着歌。此情此景令人欣喜若狂。

但这时耐儿的眼睛不由自主地闭了起来。她感到一阵昏昏欲睡。她的头倾斜到哈利胸上，她宁静地睡着了。

哈利想叫醒她，使她一点都不错过这美丽的夜晚的壮丽景色。

“让她睡吧，小伙子，”工程师对他说，“休息两个小时能使她更好地准备经受白天的印象。”

凌晨两点钟，小船到了格兰顿码头。船一靠岸，耐儿就醒来了。

“我睡着了？”她问。

“不，我的女儿，”詹姆斯回答说，“你只是梦见你在睡觉，仅此而已。”

这时夜色依然非常明亮。月亮正处在从地平线到天顶的半路上，将月光洒满了天空。

海湾的涌浪轻拍着只能容纳两三条渔船的格兰顿小港。微风随着清晨的临近平息了。扫净了雾气的空气预示着 8 月份的一个美丽的白天的来临，临近的大海更使之变得美丽。从地平线上散发出某种热的水气，但那样单薄，那样透明，初升的太阳的光芒可能在转瞬间就将它们吞没。年轻的姑娘因而能观察这番海景，她把它和天空的尽头混在一起了。她感到视野开阔了，但当光线似乎把大洋的界限推向无穷远时，她的视力无法承受大西洋所提供的这种奇特感受。

哈利抓住耐儿的手。两人跟随着在他们前面穿越着空无一人的街道的詹姆斯和杰克・瑞恩。在耐儿的思维中，这首府的市郊只不过是一些阴暗的房子的汇集，它使她想起了煤城，唯一不同的是拱顶更高，闪烁着亮晶晶的点。她步履轻盈地走着，哈利总是不得不要她放慢步子，怕她累了。

“你不累吗？”走了半个小时后，他问她。

“不累，”她回答，“我的脚甚至像没有触到地面！这天空在我们头顶上有这么高，我真想能飞起来，仿佛我有着翅膀！”

“好好记牢！”杰克・瑞恩叫道，“那是值得记的，我们的小耐儿！我也一样，当我有一段时间不出煤矿时，我就体验到这种感受！”

“那是由于，”詹姆斯说，“我们现在不再感到覆盖煤城的那块板岩拱顶的紧压！这时苍穹似乎就是一个极深的深渊，人在其中就想朝前冲——你现在是不是就是这种感觉，耐儿？”

“是的，史塔尔先生，”少女答道，“就是那样的。我觉得就像一种眩晕！”

“你会习惯的，耐儿，”哈利答道，“你会习惯外面世界的这种无边无垠，可能你那时还会忘了我们黑暗的煤矿！”

“决不会，哈利！”少女回答说。

于是她把手遮住眼睛，就好像她想以此在心里重新唤起对她刚才离开的一切的回忆。

在城市的入睡的房屋之间，詹姆斯和他的旅伴们穿过了莱思步行街。他们绕过卡尔顿山，天文台和纳尔逊的纪念碑就矗立在那儿的昏暗中。他们顺着瑞琴路走，越过一座桥，拐了一个小弯，到了坎农门的尽头。

城里还没有任何活动。坎农门教堂的哥特式钟敲响了两点钟。

在这个地方，耐儿停了下来。

“这模模糊糊的一大块是什么？”她指着孤零零的竖起在一个小地方深处的一座建筑物。

“那个大块，耐儿，”詹姆斯回答说，“那是苏格兰古时候君主的宫殿，圣十字架宫，在那儿，有过多少葬礼！历史学家在那儿可以追念起许多国王的影子，从不幸的玛丽·斯图亚特的影子，直到法兰西老国王查理十世的影子！但是，尽管有这些悲伤的回忆，当白天来临时，耐儿，在这个府第里，你将看不到任何凄凉的景象！圣十字架宫以它四个巨大的筑有稚堞的塔楼，看上去有点像某种供消遣的城堡，它的主人对此的意愿保留着它的封建性质！——但我们继续走吧！在那儿，竖着神圣的十字架的古修道院的围墙内，耸立着索尔兹伯里巨石阵，亚瑟别墅俯临着它们。我们就要爬到那上面去，在它的顶上，耐儿，你的眼睛将看到太阳在海平线上出现。”

他们进了国王公园。然后，在渐渐升高中，他们穿过了皇后大道，瓦尔特·司各特在传奇小说中写过几笔的壮观的环行车道。

亚瑟王座，说实在话，只是个高七百五十英尺的山丘，孤零零的山顶俯瞰着四周的高地。不到半个小时，詹姆斯和他的旅伴们，通过一条攀登方便的弯曲的小径来到了这头狮子的脑门上，当从西面看时，亚瑟王座就像是一头狮子。

在那儿，四个人坐了下来，詹姆斯虽记得这位伟大的苏格兰传奇小说家的丰富的语录，却仅仅说了这么一句：

“瓦尔特·司各特在《爱丁堡的监狱》第八章中这样写道：

‘如果要我选择一处地方，从那儿可以最好地观看日出和日落，那就是这个地方。’

“你等着，耐儿。太阳就要出现了，而这是第一次，你将能注视它的夺目光彩。”

少女的视线于是转到了东方。哈利坐在她的身旁，怀着一种焦躁的关注观察着她。最初的阳光给她的印象不会过于强烈吧？

所有的人都不作声。杰克·瑞恩也闭住了嘴。

在一片薄雾的深处，地平线上已经划出了一道淡淡的线，带着些微的玫瑰色。飘荡于地平线的一团残存的蒸气，遭到了第一缕光亮的攻击。在恶瑟王座的脚下，在夜的绝对宁静中，还在半睡着的爱丁堡显得模糊了。在这儿和那儿，有几个光点在刺向黑暗。那是旧城里的人点亮的灯。在西面，每道阳光都将在山头插上一根火一般的羽饰。

这时，海平面更明显了。颜色渐渐地顺着太阳光谱的次序排列着。晨雾的红色渐渐变成天顶的紫罗兰色。调色板逐秒逐秒地变得艳丽：玫瑰色成了红色，红色成了火红色。白昼来临了。

这时，耐儿的目光从山脚下一直伸展到了城市，高耸的纪念碑，细长的尖顶从黑暗中露出，它们的轮廓更清晰地显示了出来，一种灰白色的光线扩散开来。终于，第一缕光线触上了少女的眼睛。在早上或晚上，当海平线清澈纯净时，从大海中挣脱出来的，就是这绿色的光。

半分钟后，耐儿挺直身子，把手指向新城中一个明显的闪光点。

“一团火。”她说。

“不，耐儿，”哈利答道，“那不是一团火，那是太阳画在瓦尔特·司各特纪念碑顶上的一笔金色！”

确实，小尖塔的尖顶，高达二百尺，犹如一座一流的灯塔在闪闪发光。

白昼降临。阳光四溢。它的圆盘似乎仍是湿的，就好像它真是从海水中冒出的。它先通过折射扩大，又渐渐地缩小，成为圆形。它那很快不能忍受的光芒，仿佛一只在天空中张开嘴的大火炉。

耐儿不得不几乎立刻闭上了眼睛。在她那太薄的眼皮上，她甚至不得不用手指紧紧盖住。

哈利想让她转向相反的地平线。

“不，哈利，”她说，“我的眼睛应该习惯看你的眼睛能够看的东西。”

透过她的手掌，耐儿仍能感到一缕玫瑰色的光，随着太阳升上了地平线，这光渐渐变白了。她的目光逐步对此习惯了。接着，她的眼皮抬了起来，于是她的眼睛终于浸透了太阳的光辉。

虔诚的孩子双膝跪下，叫道：

“我的上帝，您的世界是这么的美！”

这时少女低垂下眼睛，看着。在她的脚下是爱丁堡的全景：新城的清晰的排列整齐的街道，“老烟城”一堆堆的杂乱的房子和错综复杂的小巷。两座高地俯瞰着整个城市。一座由巨大的玄武岩构成，上面是爱丁堡城堡；另一座是卡尔顿山，它的圆顶上的遗迹中，有一处模仿了雅典帕特农神庙。一些漂亮结实的大路从首府向四乡伸展着。在北面，港口小镇利斯面对的福斯湾，在海岸上深深地开了个槽。福斯湾与这座“现代雅典”之间有一条笔直的大路，仿佛直通希腊的比雷埃夫斯。宽阔的海湾之外，还可以看见法夫郡柔和的轮廓。纽黑文和波托贝洛的美丽的海滩向西延伸，海滩上的沙子把涌上来的波浪染成了黄色。在外海，几条小艇推动着海湾的水，两三艘汽轮则用一股圆锥形的黑烟过分地修饰着天空。再远些，更远些，是一望无际的披上绿装的乡下。朴实的丘陵使平原上到处凹凸不平。在北面，是柔梦丘陵，在西面，本·柔梦山和本·莱迪山反射着阳光，就像有一些永恒的玻璃覆盖在它们的顶上。

耐儿说不出话。她的嘴唇只是低语着几个听不清的字。她的胳臂战栗着。她的头感到眩晕。刹那间，她虚脱了。在这如此纯净的空气里，面对这壮观的景色，她突然感到一阵虚脱，失去知觉倒在已准备好接受她的哈利的臂弯里。

这个姑娘，直到那时她的生命都在地球的深处度过，终于凝望到由造物主和人创造的整个宇宙的组成部分。她的目光，在俯览了城市和乡村之后，才第一次在一望无际的大海和天空中展开。

第十八章
从柔梦湖到卡特林湖

哈利双臂托着耐儿走下亚瑟王座的斜坡，詹姆斯和杰克·瑞恩跟在他的后面。休息了几个小时又在朗勃雷饭店吃了一顿强身提神的午餐后，他们打算用一次穿越湖泊之国的散步来补足这次游览。

耐儿恢复了体力。她的眼睛从此能在这光线下张得大大的了，而她的肺则大量地呼吸着这种怡人又卫生的空气。树的绿色，植物颜色的细微差别，天空的碧蓝色，这些色彩呈现在她眼前。

在韦弗利车站搭乘的火车把耐儿和她的旅伴们载到了格拉斯哥。在那儿，从架在克莱德河上的最新的一座桥开始，他们可以欣赏河流像海一般的奇特运动。然后，他们在克姆雷皇家饭店过了夜。

次日，途经“爱丁堡—格拉斯哥铁路”的路线后，火车将经由敦巴顿和巴劳契，迅速地将他们载到柔梦湖的最南端。

“那是罗布·罗伊和弗格斯·马克·格雷高尔的故乡！”詹姆斯叫道，“被瓦尔特·司各特那么诗意地颂扬的领土！——你不了解这地方吧，杰克？”

“我是通过它的歌曲了解它的，史塔尔先生，”杰克·瑞恩回答说，“当一个地方被这么好地歌唱时，它肯定是值得骄傲的！”

“是这样，确实，”工程师叫道，“而它将给我们亲爱的耐儿留下最美好的回忆！”

“跟您这样的向导在一起，史塔尔先生，”哈利答道，“那将得到双倍收获，因为在我们观看时，您将对我们讲述当地的历史。”

“是的，哈利，”工程师说，“我将尽我所记得的讲，但是，有一个条件：那就是快乐的杰克来当我的助手！当我讲得累了，他就唱歌！”

“不必对我讲第二遍。”杰克·瑞恩回嘴说，一面发了一个颤音，就好像他要把他的嗓子抬高到音域“la”。

他们搭上从格拉斯哥到巴劳契的火车，巴劳契这座苏格兰的商业大都会和柔梦湖的最南端之间，只有大约二十里路。

火车经过了敦巴顿，这是皇家市镇和郡的首府，其城堡根据联盟条约永远筑有防御工事，别致又稳当地建在一块巨大的玄武岩峭壁的两个山巅上。

敦巴顿位于克莱德河和利文河的汇合处。关于这个话题，詹姆斯讲了玛丽·斯图亚特的冒险故事的几个特点。确实，她就是从这个市镇出发去和弗朗索瓦二世结婚并成为法兰西王后的。也是在那儿，1815年后，英国内阁筹划拘禁拿破仑，但圣赫勒拿的选择占了优势，这就是为什么这个英国的囚徒后来死于大西洋上的一个岩岛，成为传奇记录利用最多的素材。

不一会儿，火车在巴劳契停了下来，附近是一个降至湖面的木头障碍栅。

一艘名为“辛克莱号”的汽船在等着游湖的旅客。耐儿和她的旅伴们买了去柔梦湖北端因弗斯内德的船票上了船。

白天一开始就是好太阳，把那些经常遮住太阳的不列颠雾气一扫而光。展开于这段三十里航程的风景的任何一处细节都不可能被“辛克莱号”的旅游者们遗漏掉。耐儿坐在船后，夹在詹姆斯·史塔尔和哈利之间，用她的全部感官吸收着由这美丽的苏格兰大自然如此雄浑地铭刻的华丽诗篇。

杰克·瑞恩在“辛克莱号”的甲板上来回走动，不断地询问工程师，但后者并不需要别人来问。随着这个罗布·罗伊的故乡呈现在他眼前，他热情洋溢地对它做着描绘。

在柔梦湖最开始的水面上，首先出现的是许多岛和小岛，就像播种一样撒开着。“辛克莱号”沿着它们陡峭的河岸航行，岛的间隙中，或是呈现一个孤独的山谷，或是呈现出大陆上林立的险峻岩石。

“耐儿，”詹姆斯说，“这些小岛中的每一个都有它的传奇，也许是关于它的歌，湖边这些山也是一样。可以不夸张地说，这个地方的历史就是由这些山和岛写成的。”

“您是否知道，史塔尔先生，”哈利说，“柔梦湖的这一部分使我想起了什么？”

“它使你想起了什么！哈利？”

“被库柏如此优美地描绘的安大略湖的上千岛屿。你应该和我一样被这种想象所感动，我亲爱的耐儿。因为几天前，我为你念过被认为是这位美国作家代表作的这部小说。”

“确实，哈利，”少女答道，“这看上去一模一样，而‘辛克莱号’在这些岛之间驶过，就像‘淡水杰斯帕’的独桅帆船在安大略湖的岛屿间驶过！”

“好吧，”工程师接着说，“这表明这两处景色同样值得被两位诗人歌唱！我不知道安大略湖那上千的岛屿，哈利，但我怀疑那些岛的面貌会比柔梦湖的这个群岛看上去更千姿百态。你们看这个景色！这是摩雷岛，上面有列诺克斯的古老的堡垒，阿尔巴尼公爵夫人在她父亲、她丈夫和她的两个儿子被雅克一世下令斩首后就住在这儿。这是克拉岛、克罗岛、托尔岛，有些岛上尽是岩石，荒无人烟，看上去没有植物，有些岛上则露出了绿色的圆圆的山顶。这儿，是落叶松和桦树，那儿，是一片黄色的干燥的欧石楠。真的！我都有点难以想象安大略湖的上千岛屿能呈现这么千姿百态的景色！”

“那是什么小港？”耐儿问，她已经转向湖的东岸。

“那是巴尔马哈，它形成了高地的入口，”詹姆斯答道，“我们的苏格兰高地就是在那儿开始的。你看见的那些废墟，耐儿，是一个女修院的废墟，而那些散乱的坟墓埋着马克·格雷高尔家族的不同成员，他们的名字在这整个地方还很有名。”

“以这个家庭所洒的鲜血和使别人洒的鲜血闻名！”哈利指出。

“你说得对，”詹姆斯回答说，“必须承认，由于战斗而成名仍是最能引起轰动的。那些战斗故事已经年代久远了……”

“但它们却以歌曲的形式永远流传。”杰克·瑞恩补充说。

于是，为了证实他的话，勇敢的小伙子唱起一首古老的战歌的第一段，这首歌详述了格朗·史拉伊的亚历山大·马克·格雷高尔攻打卢斯的亨弗利·科尔克阿瓦爵士取得胜利的事迹。

耐儿听着，但她从这些战斗故事中只得到一种凄凉的印象。她不明白为什么无边无垠的这片平原上会洒上那么多的鲜血，这儿本应该是每个人的家园啊？

湖岸估计有三四里长，在卢斯形成了一个小港口。耐儿得以看了一下古堡的老塔楼。接着，“辛克莱号”重新朝北航行，在旅游者的眼前出现了本·柔梦山，它高于湖面大约三千尺。

“多令人赞叹的山啊！”耐儿叫道，“从它顶上看出去，该有多美！”

“是的，耐儿，”詹姆斯答道，“你看，那个山顶多么骄傲地摆脱了铺满山下的橡树、落叶松的装点打扮！再远些，可以看见我们古老的喀里多尼亚的三分之二。马克·格雷高尔氏族通常住在那里，在湖的东部。不远处，雅各比特氏族和哈诺弗里恩氏族的争斗血染了这些峡谷。在那儿，在那些美丽的夜晚升起了苍白的月亮，古老的传说称之为‘马克·法尔拉纳的灯笼’。在那儿，回声仍在重复着罗布·罗伊和马克·格雷高尔·坎贝尔的不朽的名字！”

本·柔梦山，格兰皮恩山脉的最后一座山峰，确实无愧于那位伟大的苏格兰传奇小说作家的赞颂。正如詹姆斯指出的，有一些山比它更高，山顶终年积雪，但可能在世上任何一个地方都没有一座山峰比它更具诗意的了。

“而且，”他补充说，“当我想着这本·柔梦山整个属于蒙特罗思公爵时更是如此！公爵大人据有一座山，跟伦敦的一个资产者在他的小花园里据有一片草坪一个样。”

这时，“辛克莱号”已经驶抵塔贝乡村，它将把去英弗瑞利的旅游者们载到湖对面的岸上。从这个地方看，本·柔梦山所有的美都展现出来了。它的山坡被那些激流冲出一道道槽，就像一些熔融的银盘闪着光亮。

随着“辛克莱号”沿着山脚行驶，村庄变得越来越陡峭。勉强有几棵孤零零的树分散在各处，其中有几棵柳树，树上的细枝以前用来绞死地位低下的人。

“为了节约绞索。”詹姆斯指出。

但是，湖泊在向北延伸时变狭了。两侧的山将它夹得更窄了。汽轮仍沿着几个岛和小岛行驶，殷夫鲁格拉斯、艾莱德◇胡，那儿矗立着属于马克·法尔拉纳家族的一座堡垒的遗迹。最后，两侧湖岸交汇在一起，于是“辛克莱号”在因弗斯内德站停了下来。

在那儿，在等待别人为他们准备午餐时，耐儿和她的旅伴们去参观下船地点附近的一处从相当的高处冲入湖泊的激流。它就像一道布景那样竖在那儿，引起了旅游者们的兴趣。一座颤抖的桥架在汹涌的水上，桥上弥漫着水雾。从这个地方望出去，可以看见柔梦湖的一大部分，而“辛克莱号”就像湖面上的一个点。

午餐后，该考虑去卡特林湖了。好几辆饰有勃吕达尔巴纳家族——这个家族以前为逃跑的罗布·罗伊提供木柴和水——纹章的车可供旅游者们使用并向他们提供英国式车身出众的舒适度。

哈利依照白天的就座方式让耐儿坐在顶层，他的旅伴们和他坐在她的旁边。一个气宇轩昂的车夫，穿着红色的制服，将他的四匹马的缰绳握在左手，于是套车开始沿着激流的蜿蜒的河道爬坡。

路极陡峭。随着路面的升高，周围山顶的形状似乎改变了。大家看到湖对面的整个一片湖岸傲慢地变大了，而阿罗卡的那些峰顶俯瞰着殷夫鲁格拉斯的山谷。在左面，露出了本·柔梦山，它北面的山坡显示出那种粗犷的陡峭。

柔梦湖和卡特林湖之间的这一区域给人一种荒野的印象。山谷起始于一些以阿柏福伊尔的幽谷为终端的狭窄的隘道。这一名字使年轻的姑娘痛苦地忆起那些充满恐怖的深渊，她在那儿的井下度过了她的童年。所以詹姆斯急忙讲故事以分散她的注意。

何况，这地方本有故事可讲。那是在小小的阿德湖畔，罗布·罗伊经历了他一生的重要事件。在那儿，耸立着的是些外观阴森可怖的钙质岩，也杂着一些在时光和大气的作用下变得硬如水泥的砾石。一些破旧的茅屋，就像兽穴一样——人们将之称为“布劳契”——废弃的羊舍中住着人。简直可以问这究竟是让人类居住的，还是让野兽居住的。几个小孩，由于气候失常，头发已经脱色，目瞪口呆地望着车辆驶过。

“就是这儿，”詹姆斯说，“人们可以更具体地唤之为罗布·罗伊的领地。在这儿，六品修干的儿子，出色的大法官尼古拉·贾维被莱诺克思伯爵的军队抓住了。就在这地方，他被用他的裤子绞死，幸好那是用上好的苏格兰呢绒而不是法国的那些轻薄的羽纱做的！在距以本·柔梦山的激流为水源的福斯河的源头不远处，还可以见到这位英雄为了摆脱蒙特洛斯公爵的士兵涉水而过的地方。啊！要是他认得我们的煤矿内那些阴暗的躲避处，他就能甩掉一切追捕！要知道，朋友们，在这块有着那么多称号的令人赞叹的地方，每走一步路，都会遇到对过去的这些追忆。瓦尔特·司各脱将征召马克·格雷高尔氏族的军队的场面改写为华丽的诗节时，就是从中得到灵感的！”

“这一切都说得很好，史塔尔先生，”杰克·瑞恩反驳说，“但如果尼古拉·贾维真是被用他的裤子绞死的，我们的谚语‘从来没人能从一个苏格兰人身上拿到裤子’，又该怎么理解呢？”

“毫无疑问，杰克，你说得对，”詹姆斯笑着回答说，“而这再简单不过地证实了，那天我们的大法官没按照他祖先的方式穿衣服！”

“他说得没理，史塔尔先生！”

“我不同意，杰克！”

套车爬完了激流边的陡峭湖岸后，下到了一个山谷里，在那里既无树，也无水，只是浅浅地覆盖着一种欧石楠。在一些地方，耸立着几个金字塔形的石头堆。

“那是些克尔特人的石冢，”詹姆斯说，“以前，每个过路人必须在那上面放上一块石头，以向躺在这些坟墓里的英雄们致敬。于是产生了盖耳人的格言：‘经过一个克尔特人的石冢却未放上一块表达敬意的石头的人将遭到不幸！’要是子辈都保持父辈的这一信仰，这些石头堆现在就会是丘陵了。事实上，在这个地方，所有的人都在致力于将这一天然孕育于山民们心里的诗篇发扬光大！所有的山区都是这样的。想象一下吧，人们在那里被那些奇观强烈地刺激着，然而，要是希腊人住在一个平原地区，他们决不能臆造出古代的神话来！”

在说着这些话和许多别的事时，车子驶入了一个狭窄山谷的一条条隘道中，这山谷极适宜让伟大的麦格·梅列里为人所熟悉的鬼怪们在这里嬉戏。阿克拉特湖的右侧是一条很陡的路，这条路通向卡特林湖岸上的史屈纳契拉卡的小客栈。

在那儿，在一个细巧的障碍栅的突堤尽头，漂浮着一条小汽轮，其船名自然是“罗布·罗伊号”。旅行者们立即上了船，船要开了。

卡特林湖只有十里长，宽绝不会超过两里。最靠近沿湖地带的丘陵充满了奇异的特征。

“那就是那个湖，”詹姆斯叫道，“人们很确切地把它比作一枚长针！断言这湖永不结冰。我对此一无所知，不过绝不能忘记的是，它曾被用作《湖上夫人》故事的舞台。我相信，如果我们的朋友杰克仔细地观察，他将看到美丽的埃莱娜·道格拉斯的轻盈的影子仍在湖面上滑行！”

“那当然啦，史塔尔先生，”杰克·瑞恩回答说，“我怎么可能看不到她？这个漂亮的女人在卡特林湖的水面上就像煤矿里的那些小妖精在马尔科姆湖的水面上一样。”

就在这时，“罗布·罗伊号”的船尾响起了风笛清晰的声音。

在那儿，一个穿着民族服装的高地人正在为他的风笛的低音管调音，最粗的那根发出了“S。|”，第二根“Si”，最小的那根是最初的那根的八度音阶。至于开了八个洞的低音管，他调得比“S。”音阶高三度，其中的“f_a”为天然音。

那个高地人的迭句是一首简单、柔和、朴实的歌。可以肯定的是，那些民族的旋律不是由任何人作曲，而是一种由风的轻拂、水的低语和树叶的飒飒声自然混合而成的。它的句子由两次停顿的三个节拍段组成，并以三次停顿为一个节拍段的弱停顿上结束。与旧时代的歌相反，这首歌是大音程的，可以用不是表示音符而是表示音程的数字语言将其书写如下：

5 | 1. 2 | 3 5 2 5 | 1. $\underset{\cdot}{7}$ $\underset{\cdot}{6}$ $\underset{\cdot}{5}$ | 2 2. 2 2

| 1. 2 | 3 5 2 5 | 1. $\underset{\cdot}{7}$ $\underset{\cdot}{6}$ $\underset{\cdot}{5}$ | 1 1. 1 1

有一个人这时确实感到高兴，杰克·瑞恩。这首苏格兰湖之歌，他是会唱的。所以，在那个高地人风笛的伴奏中，他用嘹亮的嗓子唱了一首使这古老的喀里多尼亚的传奇诗长盛不衰的

赞歌：

波浪沉睡着的美丽的湖，
永远保持
您动人的传奇，
美丽的苏格兰湖！

在您边上找到的足迹
来自如此令人痛惜的英雄，
这些有着高贵血统的后裔，
我们的沃尔特曾为你们歌唱！
这是巫师们
准备他们的粗茶淡饭；
那儿，广阔的欧石楠的地头，
回来了芬卡尔的影子。

在黑暗的夜间从这里经过
小妖精们的疯狂的舞。
那儿，不祥的，在阴影里出现
老清教徒们的面孔！
而在狰狞的峭壁之间，
入夜，尚能听到
威夫利，他，向您的湖畔，

拉着弗洛拉·马克·伊伏！

湖上夫人无疑来了
骑着她的马在那儿溜达，
而狄安娜，在不远处，听着
罗布·罗伊的号角吹响！
不久前人们不是听到
弗古斯在他的氏族之中，
为他的战争的风笛变奏曲起音，
唤醒了高地的回声？

诗意的湖，距您如此遥远，
被命运牵着我们的脚步，
沟壑，峭壁，古代的岩洞，
我们的眼睛不会将你们遗忘！
哦！过早地消逝的幻象，
您能否重回我们身畔！
向您致敬，古老的喀里多尼亚！
向您致敬，我们所有的回忆！

波浪沉睡着的美丽的湖，
永远保持
您动人的传奇，

美丽的苏格兰湖！

已经是下午三点钟。卡特林湖西面的湖岸延伸开去，就像是一幅以本·安山和本·凡纽山为背景的画。在半里外的地方，狭窄的锚地已经显现出来，“罗布·罗伊号”将在锚地最靠里的地方让旅游者们下船，他们将经由卡兰德去斯特林。

耐儿被精神上的持续紧张弄得疲惫不堪了。每当一个令她惊讶的新对象进入她的视线时，她的唇间只是吐出一句话：“我的上帝！我的上帝！”如果不是为了把对这么多奇观的记忆更持续地牢牢记住的话，她得休息几个小时。

这时，哈利又握住她的手。他深情地望着少女，对她说：

“耐儿，我亲爱的耐儿，很快我们就能回到我们的黑暗领域！对刚才那几小时里，在白天充足的光线下你所看到的一切，你一点也不惋惜吗？”

“不，哈利，”年轻的姑娘答道，“我会回忆的，但和你一起回到我们心爱的煤矿，那才是幸福。”

“耐儿，”哈利以抑制不住激动的嗓音问，“你是否愿意在上帝的面前，在众人面前，与我神圣地结合在一起？你愿不愿意让我做你的丈夫？”

“我愿意，哈利，”耐儿答道，用她那纯洁的眼睛望着他，“我愿意，如果你认为我能使你的人生得到满足……”

耐儿没把这句话说完，这句话里概括了她要说的哈利的整个未来，这时，一件难以解释的事情发生了。

“罗布·罗伊号”尽管离岸还有半里，却猛地一撞。它的龙骨撞上了湖底，而它的机器怎么使劲也无法使船脱出。

而这一意外事件的发生，是因为卡特林湖的西面部分几乎是一瞬间被排空，就像是湖的底部被开了一个无边无垠的口子。几秒钟内，湖就干了，如同春分或秋分的一次大潮退尽后的一块沿海地带。几乎它所有的湖水都穿过地下深处逃走了。

“朋友们！”詹姆斯叫了起来，似乎是突然想通了这件事的缘由，“上帝保佑新阿柏福伊尔！”

第十九章
最后一次威胁

那天，在新阿柏福伊尔，工程正有条不紊地进行着。远处，传来了炸药筒爆破含碳矿脉的爆裂声。这里，是十字镐和铁撬棒开采煤炭的撞击声；那儿，钻岩机的钻头在砂岩或板岩的断层上吱嘎吱嘎地打着洞。低沉的声音久久地响着。被机器抽进来的空气弥漫在通风巷内。木头门在这猛烈的推动下又猛然被关上了。在下层的隧道里，机械驱动的一列列翻斗车以十五公里时速驶过，自动铃通知着工人们躲进安全处。升降机被强力的引擎驱动着在土壤表面一刻不停地上上下下。供电充足的圆盘亮堂堂地照着煤城。

开采在被最积极地指挥着。煤不断地被推进翻斗车内，上百辆翻斗车来到采掘井的井下将自己排空。当一部分矿工下夜班休息时，日班的那些小队分秒不误地开干了。

西蒙和麦德琪吃了午饭后坐在村舍的院子里。老工头按习惯在午休。他抽着他那塞满了上好法国烟草的烟斗。两口子谈着话，谈着耐儿、他们的儿子、詹姆斯和这次地面上的游览。他们现在到了哪儿？这会儿他们在干什么？怎么不思念煤矿，在外面待那么久？

就在这时，突然传来了一种响得可怕的轰鸣，使人以为是一场特大暴雨骤然下进了煤矿里。

西蒙和麦德琪突地站起。

马尔科姆湖的水几乎一瞬间涨了起来。一个高大的浪头，汹涌得就像一股怒潮，浸没了湖岸并涌过来，在村舍的墙前碰得粉碎。

西蒙抓住麦德琪，迅速把她拉到住所的二楼。

与此同时，整个煤城在这突如其来的洪水威胁下响起了一片喊叫。居民们寻找着避水处一直逃到了湖边高高的板岩上。

太可怕了。所有家庭发疯似地急急逃向隧道，想爬到高处的矿层上去。他们担心泛滥的海水会涌进平巷，一直深入到北运河底下的煤矿。地下城即使再大也会被整个淹没。新阿柏福伊尔的居民没人能免于一死。

但就在第一批逃跑者抵达隧道入口时，他们面对的是即刻离开了村舍的西蒙。

“停下，停下，朋友们！”老工头向他们叫道，“如果我们的城市将被淹没，洪水跑得比你们更快，没人能逃得了！但水不再上涨了！看样子危险已经过去了。”

“可我们在井下工程上的伙伴们怎么办?”矿工中有几个叫道。

“根本不必为他们担心,”西蒙答道,“开采是在高于湖床的那一层进行的!”

事实很快说明老工头说得有理。水是骤然涌入的,但分布在巨大的煤矿的下层,它造成的后果只是使马尔科姆湖的水平面上涨了几尺。煤城因而未遭损害,人们有理由相信,进入了尚未开采的煤矿最底下部分的洪水未造成任何死亡。

至于这股洪水,是由于岩体的下层裂缝渗水,还是地面的某股水流骤然打穿河床径直涌入矿的最下几层,西蒙和他的伙伴们还不能断言。这只是个意外事件吗?这种情况煤矿里时有发生,没人对此感到怀疑。

然而,当天晚上,大家知道是怎么回事了。该郡的报纸详细报道了这一奇特现象,卡特林湖就是这奇异现象的舞台。火速赶回村舍的耐儿、哈利、詹姆斯和杰克·瑞恩证实了这一消息,并不无欣慰地获悉新阿柏福伊尔仅仅遭受了一些物质损害。

结论是,卡特林湖的湖床骤然崩塌。湖水通过一条大裂缝一直涌到煤矿里。那位苏格兰小说家情有独钟的这个湖,现在里面的水都不够弄湿湖上夫人的脚了。只有它的最顶端留下了一个几英亩的池塘。

这古怪的现象引起了多大的轰动啊!毫无疑问,这是第一次,一个湖在一瞬间朝地下深处流空了。现在只需要做的是,在联合王国的地图上涂掉这个湖,直到它重新被灌满水——通过公众捐助——在预先堵住裂缝之后。瓦尔特·司各特将因绝望而死去——如果他还活在这个世界上！

总之，这个意外事件难以解释。事实上，在那个深洞和湖床之间，由于岩体的某种特殊的地质布局，第二个地层的层面缩成了薄薄的一层。

然而，这一塌方是不是由自然原因引起的，詹姆斯、西蒙和哈利·福特思忖着是否应该把这归为恶意。他们心里又强烈地怀疑起来。那个干坏事的精灵真的不会再阻挠这个藏量丰富的煤矿的开采吗？

几天之后，詹姆斯在村舍跟老工头和他的儿子聊着天。

“西蒙，”他说，“依我看来，尽管事情本身已有了解释，但我似乎有一种预感，这事和我们正在查找原因的那些事，是一类的！”

“我跟您想得一样，詹姆斯先生，”西蒙回答说，“不过，如果您信得过我，就绝不要把这事散布出去，我将自己去侦查。”

“啊！”工程师叫道，“我已经预先知道侦查的结果了！”

“嘿！什么结果？”

“我们将找到那种恶意的证据，但不是那个恶棍！”

“但他是存在着的！”西蒙答道，“他藏在哪儿呢？一个孤零零的人，不管他是多么邪恶，他怎么会有如此恶毒的念头把一个湖弄崩塌呢？说真的，我将要和杰克·瑞恩一样，最终相信，这是矿里的某个精灵，他恨我们侵入了他的领域！”

不用说，耐儿尽可能地躲着不听这些秘密交谈。何况，她希望别人不对她起任何怀疑。然而，她的举止表明她和收养她的这家人一样在担忧。她那忧郁的脸上流露出使她心神不安的内心矛盾。

不管怎样，詹姆斯、西蒙和哈利·福特决定回到塌方的原处去并力求查明其原因。他们未把他们的计划对任何人说。对不了解整个事件的人来说，詹姆斯和他朋友们的观点可能很难被接受。

几天后，这三个人登上了一条小船，由哈利驾驶着，前去检查支撑着卡特林湖底部凹塌处的那些天然柱石。

这一检查证明他们是对的。那些柱石受到过爆破。那些发黑的痕迹依然可见，因为水由于渗透降低了，所以可以一直走到这地下建筑的底基那儿。这块拱顶的坍塌是被预先策划好的，然后，由人的手付诸实施。

“没什么可怀疑的了，”詹姆斯说，“如果塌方引来的不是这个小湖而是一个海的水，谁知道那会是一副什么情景！”

“是的，”老工头满怀骄傲地叫道，“要淹掉我们的阿柏福伊尔，一个海的水才够！但是，还有一个问题，不管是什么人，破坏我们的开采对他有什么好处呢？”

“这令人难以理解，”詹姆斯答道，“干这事的不是一帮粗俗的坏蛋，他们走出他们躲藏的洞穴，四散在各处进行偷和抢。像这样的坏事，三年来早就该发生了！他们也不是——我在这个问题上想过几次——走私犯或假钞制造者，他们将不法行为掩藏在这巨大岩洞的某个尚未为人知晓的深处，因此想把我们从这里赶走。没有人制造假钞或走私物品是为了收藏！但很明显，有一个发誓要毁掉新阿柏福伊尔的死敌，在某个利益的推动下，想尽一切可能的办法来宣泄对我们的仇恨！毫无疑问，要公开干，力量太薄弱，他的诡计是在黑暗中准备的，但他表现出的智力使他成了一个可怕的人。朋友们，他掌握的我们这块领域的秘密要比我们多，因为这么久以来他都逃脱了我们的搜寻！这是个内行，狡猾者中的狡猾者，毋庸置疑，西蒙。我们发现的他的行事方式就是一个证明。让我们想一想，您是否曾有过什么私敌值得怀疑？好好想想。有些偏执的仇恨是时间冲淡不了的。如果有必要，就往您一生中最早的时候想。所发生的这一切，都是由一种冷酷和耐心的疯狂造成的，这就要求您在这一点上一直回想到您最久远的事情。”

西蒙没有回答。可以看出，这个正派的工头在做出解释前正在认真地回顾他过去的一切。最后，他重新抬起头：

“没有，”他说，“在上帝面前，无论麦德琪还是我，从未对任何人使过坏。我们不相信我们会有一个敌人，哪怕是一个！”

“啊！”工程师叫道，“如果耐儿愿意开口！”

“史塔尔先生，还有您，我的父亲，”哈利答道，“我求你们了，就让我们这几个人继续保守我们这次侦查的秘密吧！别去问我可怜的耐儿！我已经感到她在焦急不安，备受折磨。我敢肯定她保守着一个压得她气都透不过来的秘密是多么费劲。如果她不开口，或许是由于无话可说，或许是由于她认为不该讲！我们不能怀疑她对我们的情感，对我们所有人的情感！再过些时候，如果她告诉我直到现在她缄口不言的那些事，我立刻会告诉你们的。”

“好吧，哈利，”工程师回答说，“然而，要是耐儿知道什么事，这种沉默真是太难以解释了！”

见哈利又要叫起来，工程师加了一句：“你放心，我们什么都不会告诉将成为你妻子的那个人。”

“而这不必再等了，如果您愿意，我的父亲！”

“孩子，”西蒙说，“一个月后，就在这个日子，举行你的婚礼——您来代替耐儿的父亲，詹姆斯先生？”

“请信任我，西蒙。”工程师答道。

詹姆斯和他的两个同伴又回到了村舍。对他们的勘探结果，他们什么也没说，而对煤矿所有的人来说，拱顶的塌方仍被视为单纯的意外事故。苏格兰少了一个湖。

耐儿渐渐地又干起了日常的活。这次上郡的地面游览给她留下了难以磨灭的印象，哈利则将这段经历很好地利用在了对她的教育中。但这次在外面的生活并未给她留下任何遗憾。她仍如这次探险之前一样地热爱这黑暗的领域，作为孩子和少女在这里居住过之后，她将继续以妻子的身份在这儿生活。

其时，哈利·福特和耐儿即将举行的婚礼轰动了新阿柏福伊尔。祝福的话大量涌向村舍。杰克·瑞恩并非是最后一个前来祝贺的人。人们还撞见他在远处为煤城所有的人都要参加的这一重要的日子准备他最好的歌。

但是，在婚礼前的那个月，新阿柏福伊尔遭受了它从未有过的苦难。简直可以说，耐儿和哈利结合之日的临近，惹得灾难接着灾难发生。那些意外事件主要发生于井下工程内，但人们却不知道这些事件的真正起因。

一场火灾吞没了下面一个平巷的坑道支架，人们发现了纵火者曾用过的灯。哈利和他的同伴们不得不冒着生命危险去扑灭这场威胁到整个矿层的火，他们用上灭火器后才得以把火扑灭，这些灭火器内装满着一种碳酸水，是煤矿出于谨慎准备着的。

另一次，是由于一口矿井的支柱断裂造成的塌方，詹姆斯查明这些支柱是事先被锯断的。当时在那个位置上监视工程的哈利被埋在瓦砾下，出于奇迹才免于一死。

几天之后，在机械牵引的有轨电车上，哈利搭乘的那列翻斗车猛地撞上一个障碍物翻了身。事后人们辨认出一根梁被横放在路上。

总之，这些事件如此屡屡发生，以致在矿工中爆发出一阵恐慌。必须他们的头儿在场，才能把他们留在工程上。

“可能他们是一帮人，这些恶棍！”西蒙反复地说，“而我们却未能逮住一个！”

搜索又开始了。郡里的警察日夜警惕着，但什么也没发现。詹姆斯坚决禁止哈利单独离开工程的中心去冒险，这种敌意似乎更直接地针对着他。

对耐儿也是如此，不过，在哈利的迫切请求下，大家对她隐瞒了所有这些可能使她回忆起过去的罪恶企图。西蒙和麦德琪带着某种严厉，或更确切地说，某种粗暴的关切日夜监护着她。可怜的孩子觉察到了，但未流露出任何意见和抱怨。她是否会在心里想，如果别人这么做，那是为她好？或许是的。她似乎也在以她的方式关心着别人，而只有当每个她所爱的人都聚集在村舍时，她才显得放心。晚上，当哈利回来时，她无法抑制住一种狂喜，这跟她含蓄多于外露的天性是不太协调的。夜晚一过，她在所有人之前起床。到了去井下工程的时间，她又不安了。

哈利认为，为了使她安宁，他们必须举行婚礼。他觉得在这不可动摇的契约面前，那种敌意将会缓和，而且耐儿也只有在成为他的妻子后才会感到放心。此外，詹姆斯跟西蒙和麦德琪一样焦急。每个人都在算着日子。

事实上，人人都处在最最不祥预感的威胁下。对于这个潜藏的敌人，既不知到哪里去抓他，又不知该如何跟他斗争，大家悄悄地说，关系到耐儿的任何事都不会使他无动于衷。哈利和年轻姑娘庄严的婚礼，可能就会被他利用来搞什么新的阴谋以宣泄他的愤怒。

一天早晨，那是在定下的举行仪式的日子前的八天，耐儿显然是被某种不祥的预感所驱动，第一个走出村舍，想观察一下村舍的周围。

走到门口时，她发出了一声难以描述的恐怖的呼叫。

这声呼叫整个住所都听到了，一瞬间就把麦德琪、西蒙和哈利引到她的身边。

耐儿像死了般苍白，脸上带着无法表述的恐怖。她说不出话来，眼睛死死地望着她刚打开的村舍的门。她痉挛的手指着门上被人在夜间写上的使她见了大惊失色的这几行字：

西蒙，你从我这儿偷走了我们的老煤矿的最后一片矿脉！哈利，你的儿子，从我这儿偷走了耐儿！你们要遭到不幸！所有的人都要遭到不幸！新阿柏福伊尔要遭到不幸！

西尔法克斯

“西尔法克斯！”西蒙和麦德琪同时叫了起来。

“这人是谁？”哈利问，眼睛轮番望着他的父亲和年轻的姑娘。

“西尔法克斯！”耐儿绝望地重复说着，“西尔法克斯！”

在喃喃说着这个名字时，她的整个身体战栗着，麦德琪控制着她，几乎强行把她拉回她的房间。

詹姆斯赶来了。在反复读了这带有威胁性的句子后，说道：

“写这几行字的人，就是给我写了那封和你意思相反的信的那个人。西蒙！这人叫西尔法克斯！从你的战栗中我看出你是认得他的！这个西尔法克斯是谁？”

第二十章

苦修修士

这名字，老工头万万没有想到。

这是多查特煤仓最后一名“苦修修士”的名字。

过去，在安全灯发明之前，西蒙认识了这个冒着生命危险，天天去诱发瓦斯小量爆炸的粗暴的人。他曾看见这个怪人在矿里游来荡去，总是伴随着一只巨大的雪鸮，那是一种像怪物一般的枭，在这危险的工作中帮助西尔法克斯把点燃的火绳衔到他的手够不着的地方。有一天，这老头失踪了，然而，就在他失踪前，一个小孤儿诞生在矿里，老头是孩子的祖父，也是她唯一的依靠。这个孩子，显然就是耐儿。十五年来，这两个人可能就生活在某个秘密的深深的洞穴里，直到那天耐儿被哈利救出。

老工头怀着怜悯和愤怒的心情对工程师和他儿子讲了见到西尔法克斯这名字后他才想起的这些事。

所有的情况都明朗了。西尔法克斯就是他们在新阿柏福伊尔的深处徒劳地寻找的那个神秘人！

“这么说，您是认识他的，西蒙？”工程师问。

“是的，确实，”工头答道，“带雪鸮的人！他已经不再年轻了。他可能比我大十五或二十岁。一个野蛮人，他不跟任何人交往，被看成是个水火不惧的人！他是出于兴趣选择了苦修修士这个职业，对其中的危险，他不太在乎。这危险的行当搅乱了他的头脑。人家说他凶恶，而他可能只是个疯子。他力气大得不可思议。没人能像他那样熟悉煤矿——至少和我一样。人们认可他的工作。事实上，我原以为他已经死了好多年了。”

“可是，”詹姆斯接着说，“这句话是什么意思，‘你从我这儿偷走了我们的老煤矿的最后一片矿脉’？”

“啊！这，”西蒙答道，“已经是很久以前的事了，西尔法克斯，我对你说过他的脑子总是混乱的，他以为自己对老阿柏福伊尔有些特权。所以，随着多查特煤仓——他的煤仓！——的耗尽，他的脾气也变得越来越粗暴。十字镐的每声撞击，就像是从他身上挖走了他的内脏！——你应该记得这事，麦德琪？”

“是的，西蒙。”苏格兰老妇答道。

“这些事，现在我都记起来了，”西蒙接着说，“自从在这扇门上看到了西尔法克斯这个名字之后。但我再说一遍，我原以为他死了，而且我无法想象我们找得这么辛苦的这个歹徒，就是多查特煤仓以前的苦修修士！”

“确实，”詹姆斯说，“一切都有了解释。一个偶然事件向西尔法克斯泄露了新矿层的存在。出于疯子的自私自利，他很想自命为新矿层的保卫者。他一个人生活在煤矿里，白天黑夜到处走，他可能意外地获悉了您的秘密，西蒙，并知道您要求我火速赶到村舍。由此，出现了那封和你的信矛盾的信；由此，在我到达后，大块石头被投向哈利，耶鲁矿井的梯子被破坏；由此，新矿层岩壁上的裂缝被堵塞；由此，我们被关押，接着获释——被获释，我们获释多亏我们的耐儿，毫无疑问，她是不顾这个西尔法克斯的反对瞒着他这样做的！”

“您刚才讲的这些事显然是实实在在发生了的，詹姆斯先生，”西蒙回答说，“这个老苦修修士肯定是疯了，不管怎么说！”

“这样更好。”麦德琪说。

“我不认为，”詹姆斯摇着头接着说，“因为他的疯狂可能是一种骇人的疯狂！啊！我现在明白了耐儿想到他就不能不感到恐怖，而且我还明白了她不愿意告发她的祖父！在这个老头身边她度过了多么悲惨的岁月啊！”

“非常悲惨！”西蒙回答说，“生活在他的野蛮和他的雪鸮之间，那雪鸮的野蛮不会不如他！因为，毫无疑问，它并没有死，那只鸟！只可能是它弄熄了我们的灯，是它，差点割断了吊着哈利和耐儿的绳索！”

“我明白了，”麦德琪说，“他的孙女和我们的儿子结婚的新闻，似乎激化了西尔法克斯的积恨，加重了他的狂怒！”

“确实，耐儿和被他指控偷了他阿柏福伊尔最后一片矿脉的人的儿子的婚姻，只可能使他的激怒达到顶点！”西蒙接着说。

“可是他完全应该下定决心！”哈利叫道，“虽然他是个疯子，但他最终会认识到，耐儿的新生活要比他在煤矿的深渊里让她过的那种生活更有价值！我相信，史塔尔先生，如果我们能找到他，我们最终能使他变得理智！”

“跟疯子无理可讲，我可怜的哈利，”工程师回答说，“知道了敌人无疑比一无所知要好，但不能因为我们今天知道了他是谁，就认为一切都结束了。继续保持我们的警惕，朋友们，而作为开始，哈利，必须询问耐儿！必须这么做！她会明白，是时候了，她的沉默再也没有理由了。即便是为了她祖父的利益，她也是讲出来为好。我们若能使这些凶险的计划化为乌有，对我们和对他同样重要。”

“我不怀疑，史塔尔先生，”哈利答道，“耐儿会以自己的行动来面对您的问题。您现在知道了，是出于良心，出于责任，她才缄默至今。同样出于责任，出于良心，一旦您要她开口她就会开口。我母亲做得很好，将她带回了她的房里。她极需要静心，不过我会去找她……”

“不必了，哈利。”少女以坚定和清楚的声音说，她这一刻回到了村舍的大厅里。

耐儿面色苍白。她的眼睛表明她曾怎样地哭过，但她的举止使人感觉到她履行职责的坚定决心。

“耐儿！”哈利喊了一声，向少女迎去。

“哈利，”耐儿答道，用手势止住她的未婚夫，“你父亲、你母亲和你，你们今天必须知道一切。史塔尔先生，您也不应该不知道你们收留后却并不了解的这个孩子的事。”

“耐儿！”哈利叫了起来。

“让耐儿说。”詹姆斯说，迫使哈利安静下来。

“我是老西尔法克斯的孙女，”耐儿接着说，“直到我进入这里之前，我还从来不懂得什么是母亲。”她望着麦德琪补充说。

“感谢那一天，我的女儿！”苏格兰老妇回答说。

“在我看见西蒙之前，在哈利的手触到我的手那天之前，我还从来不懂得什么是父亲及朋友，”耐儿接着说，“我孤零零地在矿里最偏僻最隐蔽的角落里和我的祖父一起生活了十五年。和他一起生活，这是往好处说。通过他生活才更确切些。我几乎看不见他。当他从老阿柏福伊尔消失时，他就躲进了只有他才认识的那些深远的地方。他按他的方式对我好，尽管那是吓人的。他把他去外面找来的东西给我吃，但我记不清楚了，只记得一开始，当我还很小时，我有一只山羊当奶妈，它的死使我悲痛极了。祖父见我那么悲伤，先是用一头别的动物来代替它——一条狗，他告诉我。不幸的是，那条狗是条爱叫的狗，它总叫。祖父不喜欢狗叫。他听见声音就害怕。他教会了我安静，却没能教会狗。那头可怜的动物几乎立刻就消失了。祖父有一只凶恶的鸟做伴，一只雪鸮，它开始时使我害怕，但尽管我不喜欢它，它却对我深有感情，以致最后我也对它有感情了。它甚至对我比对它主人更服从，而这使我为它感到不安。祖父好嫉妒。雪鸮和我，我们尽可能地不让他发现我们在一起！我们明白必须那样！……我讲自己的事讲得太多了！重要的是关于你们的……”

“不，我的女儿，”詹姆斯答道，“你想到什么就说什么。”

“我祖父，”耐儿接着说，“总是以一种非常恶毒的眼光看待你们住在煤矿附近。但空间并不缺乏。他为自己选择的隐蔽处离你们很远很远。他讨厌感觉到你们就在那儿。当我问他关于在那上面的人时，他的脸就阴沉下来，他不回答，并像哑巴似的久久不说话。但是，当他意识到再也不能把你们留在老地方，你们似乎要侵占他的领域了，他发怒了。他发誓说，如果你们最终闯进直到那时还只有他一个人知道的新煤矿，你们就得完蛋！尽管他年纪大，但他的力气是超乎常人的，所以他的威胁使我为你们也为他发抖。”

“往下说，耐儿。”西蒙对少女说，她中断了一刻，似乎为了更好地唤起她的记忆。

“在你们第一次尝试之后，”耐儿接着说，“祖父一发现你们闯进新阿柏福伊尔的平巷，他就将出口堵上，把这平巷变成你们的监狱。我只是认得你们的阴影，那是在煤矿的黑暗中模糊地瞥见的，但我无法想象几个基督徒将在这深渊里饿死，于是，冒着被当场抓住的危险，我隔上几天给你们送些水和面包！……我本想领你们出去，但要瞒过我祖父的监视太困难了！你们都快死了！杰克·瑞恩和他的朋友们来了……那天，上帝让我遇上了他们！我把他们一直引到你们那儿。回去时，我祖父当场捉住我。他对我的愤怒可怕极了。我以为我将死在他手里了！从那以后，生活变得使我难以承受。我祖父精神完全失常了。他宣布自己是阴影和火的国王！当他听到你们的十字镐锤击那些他认为是他的矿脉时，他都疯了，怒不可遏地打我。我想逃。这不可能，他看我看得那么紧。最后，三个月前，在一阵无法形容的精神错乱的发作中，他把我放到你们发现我的那个深渊里，而他，在徒劳地召唤雪鸮之后消失了，雪鸮则忠实地陪伴着我。我从什么时候开始待在那里？我不知道！当你来到时，我的哈利，当你把我救出来时，我所知道的一切就是，我觉得我快死了！然而，你也看到了，老西尔法克斯的孙女不能成为哈利·福特的妻子，因为这关系到你的生命，关系到你们所有人的生命！”

“耐儿！”哈利叫起来。

“不，”少女接着说，“我已决定牺牲。只有一个办法能使你们免于毁灭，那就是我回到我祖父身边去。他在威胁整个新阿柏福伊尔！……这是一个不会宽恕的人，而且没人知道复仇的精灵将会对他做什么煽动！我的责任是明确的。如果我迟疑着不去实现，我将是最最卑劣的人！再见，而且谢谢！你们使我懂得了这世上的幸福！不管发生什么，请想着我的整颗心将留在你们中间！”

听到这席话，西蒙、麦德琪和发疯般痛苦的哈利站了起来。

“什么，耐儿！”他们绝望地叫起来，“你要离开我们！”

詹姆斯用一个极具权威的手势将他们隔开，接着，径直走到耐儿面前，握住她的两只手。

“这很好，我的孩子，”他对她说，“你说了你应该说的，但我们也有话要回答你。我们不会让你走，而且，如果有必要，我们将逼迫你留下来。你难道以为我们会这么怯懦地接受你勇敢的奉献吗？老西尔法克斯的威胁是可怕的，没错！但是，毕竟，一个人只是一个人，而我们将采取预防措施。那么，你能否从西尔法克斯的利益着想，把他的习惯告诉我们，对我们说他藏在哪里？我们想做的只是：使他无法再作恶，或许还要使他恢复理性。”

“您的希望是不可能的，”耐儿回答说，“我祖父到处都在又到处不在。我从不知道他的藏身之处。当他找到什么躲避处时，他就把我单独撇下并消失了。在我下决心时，史塔尔先生，我就知道你们会怎么回答我。相信我吧！只有一个办法能使我祖父变得缓和些，那就是我回到他身边。你看不见他，但他什么都看得见。你们想一想他怎样发现了你们最最秘密的想法，从写给史塔尔先生的那封信，直到我和哈利打算结婚，如果他没有这种难以解释的知晓一切的能力怎能做到。我祖父，据我看，即使处于疯狂之中，仍是个智力极高的人。以前，他偶尔对我说过一些重大的事。他告诉了我上帝的存在，他从不欺骗我，除了一点，那就是当他要煽动我对整个人类的仇恨时，他要使我相信所有的人都是背信弃义的。当哈利把我带到这个村舍时，你们以为我仅仅是愚昧无知！但不仅是那样。我怕极了！啊！原谅我吧！在那几天里，我自以为落到了恶人手中，我想躲开你们。是您，麦德琪，开始把我的思想引向真实，不仅是您的话，更是您的生活场面，我看到您受到您丈夫和儿子的爱和尊敬！后来，我看见那些幸福又善良的劳动者崇敬史塔尔先生，开始时我还以为他们是他的奴隶，当我第一次看见阿柏福伊尔所有的人来到教堂，在那里跪下来，祈求上帝并感谢他无穷无尽的恩泽时，我对自己说：‘我的祖父欺骗了我！’但今天，通过你们告诉我的这些事，我完全明白了，我认为他是在自己骗自己！我要再次走上我过去曾陪他走过的那些秘密的路。他会窥伺着我！我将叫他……他将听到我，而谁知道在回到他那儿去时，我是否能把他拉回到真实中来？”

所有的人都任由少女说着。人人都觉得，在她高尚的幻想中，她以为她将永远地离开他们时，让她向她的朋友们完全敞开她的心扉，可能对她有好处。但是，当她筋疲力尽，眼睛充满泪水时，她停住了嘴。哈利转向他的母亲，说：

“我的母亲，您会怎样看待一个对这个高尚的姑娘弃之不顾的男人？”

“我会认为，”麦德琪回答说，“这个男人是个懦夫，如果他是我的儿子，我将不承认他，我将诅咒他！”

“耐儿，你听见我母亲说的了，”哈利接着说，“你走到哪里，我将跟到哪里。如果你坚持要走，我们一起走……”

“哈利！哈利！”耐儿叫着。

她太激动了。少女的嘴唇变得灰白，倒在了麦德琪的怀里，麦德琪请求工程师、西蒙和哈利让自己单独陪着她。

第二十一章
耐儿的婚礼

众人散了，但在这之前他们商定，村舍的主人们要比以往任何时候都警惕。老西尔法克斯的威胁直截了当得出人意料。必须考虑这个前任苦修修士是否有什么可以毁灭整个阿柏福伊尔的可怕的手段。

一些武装的警卫因此被安排在煤矿的不同出口，奉命日夜监视。矿上所有外来人员必须被带到詹姆斯面前，使他能检查他们的身份。煤城的居民们已经了解威胁来自一个躲在地下的外来人。老西尔法克斯在煤城中没有任何内应，所以不必担心任何背叛。耐儿被告知采取的所有安全措施后，略为安心了些。哈利做出的她去哪儿他就跟到哪儿的决定，比别的一切更有效地让她答应不再逃走。

在耐儿和哈利婚礼前的那个星期，新阿柏福伊尔未受任何意外事件骚扰。因此，有组织地保持着警戒的矿工们，从这一几乎传遍了整个开采地的恐慌中恢复了过来。

然而，詹姆斯继续让人搜寻老西尔法克斯。在这个报复心强的老头宣布了耐儿绝不能嫁给哈利之后，可以想见，为了阻挠这桩婚事，在任何情况下他都不会退缩。最好是将他的人身自由控制起来又不妨碍他的生活。对新阿柏福伊尔的搜索又细致地开始了。对平巷的搜索一直搜到了与位于伊尔文的唐纳德城堡的废墟齐平的高层。人们不无理由地推测，西尔法克斯是通过这旧城堡来到外面并为他悲惨的生活贮备生活必需品的，或是购买，或是偷盗。至于“灯塔夫人”，詹姆斯认为是从煤矿的这一部分喷出的瓦斯气流，被西尔法克斯点燃而制造出的奇异现象。他的推断应该没错。然而搜查一无所获。

詹姆斯成了最不顺利的人，因为他每时每刻跟一个抓不住的人做这种斗争，却未有任何进展。随着婚礼日子的临近，他越来越感到不安，他把他的不安告诉老工头，后者很快变得比他更为不安。

那一天终于到了。

西尔法克斯毫无还活着的迹象。

一大早，煤城所有的人都起床了。新阿柏福伊尔的工程已经暂停。头头们和工人们坚持要向老工头和他的儿子表示敬意。这是在向两个使煤矿恢复了昔日繁荣的勇敢果断和坚毅不拔的人表示他们的感激之情。

十一点钟时，矗立于马尔科姆湖湖岸上的圣吉尔斯教堂内，仪式正要进行。

就在这个时刻，人们看见哈利挽着他母亲的胳臂，西蒙被耐儿挽着胳臂从村舍出来。

他们后面跟着表面上沉着镇静，心里已准备着对付一切的工程师詹姆斯和身穿华美的风笛手服装的杰克·瑞恩。

随后，是矿里的别的工程师、煤城的显要人物、朋友们、老工头的伙伴们，总之是所有组成新阿柏福伊尔这个矿工大家庭的成员们。

在外面，这是八月份炎炎酷暑中的一天，在北部地区尤其酷热难当。猛烈的风一直吹到煤矿深处，那儿的气温异乎寻常地升高了。空气携带着电荷，穿过通风井和马尔科姆的大隧道。

人们本来可以观察到一个少有的奇怪现象——气压计在煤城下降到了一个极低的数值。确实，在组成一望无际的地下城的天空的板岩拱顶之下，可能会有风暴突然发生。

但事实上矿里没有人关心来自外面的大气的威胁。

不用说，人人都穿着最漂亮的与场合相宜的服装。

麦德琪穿着一身令人忆起旧时光的服装。她像从前的主妇一样，戴着一个“玩具”头饰，肩上飘动着“罗克莱”——一种苏格兰妇女雅致的方格头巾。

耐儿决心不流露出她内心的烦躁不安。她忍受着剧烈的心跳，不让她的恐惧流露出来，这个勇敢的孩子呈现在众人面前的是一张镇静和专注的面孔。

她穿着得很简单，她更喜欢简单而不是鲜艳的搭配，而这种服装上的简单更为她本人增添了妩媚。她头上只戴着一个“束发网”——喀里多尼亚少女通常装饰头发的色彩缤纷的缎带。

西蒙穿着一身瓦尔特·司各特笔下神气十足的大法官尼古拉·贾维也会认可的衣服。

所有这些人都向圣吉尔斯小教堂走去，教堂里布置得相当豪华。

在煤城的空中，供电格外充足的那些电盘犹似同样多的太阳光辉四射。整个新阿柏福伊尔亮堂堂的。

教堂里的电灯投射着同样强烈的光辉，彩绘大玻璃窗闪耀着千变万化的光彩。

主持宗教仪式的是令人尊敬的神甫威廉·豪普森。他站在圣吉尔斯的门口等待这对新人的到来。

一行人雄壮地绕过马尔科姆湖湖岸后走到了这里。

就在这时，管风琴响了起来，两位新人跟在可敬的神甫豪普森后面走进了圣吉尔斯教堂。

首先祈求上帝降福于所有与会者，接着仅留下哈利和耐儿站在手捧圣书的牧师面前。

“哈利，”可敬的神甫豪普森问，“您是否愿意娶耐儿为妻并发誓永远爱她？”

“我愿意。”年轻人响亮地回答。

“而你，耐儿，”牧师接着说，“您是否愿意让哈利·福特成为你的丈夫并……”

少女还未来得及回答，外面响起了一声巨响。

在距教堂百步远的地方，在那些构成马尔科姆湖湖岸平台的硕大悬岩之中，有一块岩石未经爆破突然开裂，就好像它的崩落是上天注定的。它下面露出一个大洞，水猛烈地冲入这个无人知晓其存在的深渊。

接着，在崩塌的岩石间突然出现了一条小船，一股猛烈的推力将其径直送到湖面上。

在这条小船上，站着一个身穿深色带风帽的无袖僧衣的老头，他头发竖起，长长的白胡子垂到胸前。

他手里拿着一盏大卫灯，灯里亮着一条火舌，被灯上的金属纱网保护着。

与此同时，老头响亮地叫道：

“瓦斯！瓦斯！将灾祸带给所有的人！灾祸！”

这时，一股淡淡的带着轻质碳化氢明显特征的气味在空气中弥散开来。

而之所以出现这种情况，是由于悬岩的崩落，为蓄积在巨大的空腔中的被页岩堵住出口的大量爆炸性煤气提供了一条通道。瓦斯的气流以五到六个大气压的力度向拱形穹顶喷射。

老头知道这些瓦斯喷气的存在，他突然把它们释放出来，以使地下城的大气带有爆炸性。

其间，詹姆斯和另外几个人匆忙离开教堂，冲向湖岸。

“离开煤矿！离开煤矿！”工程师叫道，他在得知这无法估量的危险后，来到圣吉尔斯教堂门口发出这警告的呼喊。

“瓦斯！瓦斯！”老头反复叫着，一面将小船在湖面上往前行驶了些。

“离开煤矿！离开煤矿！”詹姆斯反复叫着。

逃跑是来不及了！老西尔法克斯已经在那儿，准备好了实施他最后的威胁，准备好了阻止耐儿和哈利的婚礼，将整个煤城的人埋葬在煤矿的废墟底下。

在他的头顶盘旋着硕大的雪鸮，它那雪白的羽毛上带着黑点。

然而就在那时，一个男人匆忙跳进湖水中，使劲地向小船游去。

那是杰克·瑞恩。他尽力要在这疯子做出这毁灭的行为之前赶上他。

西尔法克斯见他来了。他打碎灯的玻璃，拔出了燃烧着的灯芯，将它在空气中来回挥舞。

死一般的静寂笼罩着所有被吓呆了的在场者。

詹姆斯绝望地沉默了，但他对无可避免的爆炸尚未毁掉新阿柏福伊尔感到吃惊。

西尔法克斯，面孔皱紧，觉察到由于瓦斯太轻，无法停留在低层，在向穹顶的高处聚积。

但就在那时，那只雪鸮像它以前在多查特煤仓的平巷里做的那样，按照西尔法克斯的手势，用它的爪子抓住燃烧着的灯芯，开始飞向老头用手指出的高高的拱顶。

还有几秒钟，新阿柏福伊尔就要完了……

这时，耐儿挣脱出哈利的臂弯。

镇静又获得灵感的她向湖岸奔去，一直奔到水边。“雪鸮！

雪鸮！”她用清脆的声音喊叫着，“过来！到我这儿来！”

忠实的鸟儿吃了一惊，犹豫了一下。突然，它听出了耐儿的声音，它让燃烧着的灯芯掉进了湖水中，然后，飞了一个大圈，猛扑到少女的脚下。

混进了瓦斯的具有爆炸性的高层空气未被触及。

这时，穹顶底下响起了一声可怕的喊叫，这是老西尔法克斯发出的最后一声喊叫。

就在杰克·瑞恩把手伸上小船船沿的那一瞬间，老头见他的复仇已经落空，匆忙跳进湖水中。

“救救他！救救他！”耐儿发出凄厉的叫声。

哈利听见了。他也跳入水中，很快与杰克·瑞恩会合了，做了几次潜水。

但他的努力未获结果。

马尔科姆湖的湖水不肯归还它的猎物。它将老西尔法克斯永远地留下了。

第二十二章

老西尔法克斯的传奇

这些事件发生之后六个月，曾那么奇特地被中止的哈利·福特和耐儿的婚礼在圣吉尔斯小教堂举行。在可敬的神甫豪普森为他们的结合祝福之后，依然穿着黑衣服的年轻夫妇回到了村舍。

再也没有任何忧虑的詹姆斯和西蒙快乐地主持了仪式后的庆祝会，庆祝会一直持续到第二天。

在这难忘的情景下，重新穿上他那身风笛手服装的杰克·瑞恩，在对他的风笛的羊皮袋充气之后，在全体与会者的掌声下获得了同时演奏、唱歌和跳舞的成就。

而次日，在工程师詹姆斯的领导下，露天工程和井下工程又开始了。

不用说，哈利和耐儿很幸福。这两颗遭受了那么多苦难的心，在他们的结合中找到了他们应有的幸福。

至于西蒙，这位新阿柏福伊尔的名誉工头，打算活到庆祝他和善良的麦德琪结婚五十周年的日子，此外，他别无所求。

“而在这之后呢，为什么不再来一个五十年？”杰克·瑞恩说，“两个五十周年，对您来说不算多，西蒙先生！”

“你说得对，孩子，”老工头平静地回答，“在新阿柏福伊尔的气候下，在这从来不知外头气候的环境中，人活两个一百岁有什么好惊奇的？”

煤城的居民们是否有一天会参加这第二次庆典？未来会做出回答。

不管怎样，有一只鸟似乎会特别长寿，那就是老西尔法克斯的雪鸮。它一直在这阴暗的地方飞来飞去。但在老头死后，尽管耐儿试图留住它，几天后它还是逃走了。这不仅因为它和它以前的主人一样不喜欢人类社会，而且它似乎对哈利有着一种特别的仇恨，这只嫉妒的鸟始终认为并憎恨他是耐儿的诱拐者，在竖井洞内上升时，它未能夺到耐儿。

自那以后，耐儿要隔很长时间才能看到它在马尔科姆湖的上空翱翔。

它是否想重见它昔日的朋友？它是否想放眼一直看到深渊底下西尔法克斯被吞没的地方？

雪鸮因此变得带有传奇色彩了，它启发杰克·瑞恩虚构了不止一个故事。

多亏这位快乐的伙伴，人们在苏格兰守夜时，至今仍唱着阿柏福伊尔煤矿的前任苦修修士——老西尔法克斯的那只鸟的传说。